Monja Schneider

Memoiren eines Bussards

Impressum

Bibliografische Information der Deutschen
Nationalbibliothek:
Die Deutsche Nationalbibliothek verzeichnet diese
Publikation in der Deutschen Nationalbibliografie;
detaillierte bibliografische Daten sind im Internet
über http://dnb.dnb.de abrufbar.

© 2019 Monja Schneider

2. Auflage

Cover: SelfPubBookCovers.com/ Saphira

Grafiken: free cliparts www.clker.com

Herstellung und Verlag: BoD – Books on Demand,
Norderstedt

ISBN: 978 3746025872

Inhaltsverzeichnis

FSC
www.fsc.org
MIX
Papier aus ver-
antwortungsvollen
Quellen
Paper from
responsible sources
FSC® C105338

Eine Bemerkung zuvor

Ich bin alt geworden im Dienste Daeides und als Kamerad des Prinzen der Nevlyn, der jetzt unser König ist. Mein Wissen soll nicht verloren gehen. Aus diesem Grunde werde ich meine Erlebnisse festhalten. Meine bescheidenen Kenntnisse der Geschehnisse reichen jedoch nicht aus, ich werde auf die Erinnerungen einer gewissen Katze zurückgreifen müssen, die ... nun, wie auch immer, Sie, werter Leser, werden es bemerken.

Prolog

Dem Himmel nah schwebe ich, blicke hinab auf den Hügel, den die Menschen Con Manor nennen. Hier stand einst eine mächtige Feste: die Königshalle des Volkes der Nevlyn. Hier ist der Ort an dem ich aus meinem Ei schlüpfte. Nur verkohlte Balken und schwarze, eingefallene Wände sind davon übrig. Unkraut wuchert, Sträucher erobern sich ihren Platz. Neues Leben zwischen zerstörten Mauern. Hoffnung all die Jahre. Sie war nicht vergebens gewesen. Ich lasse mich vom Wind weit hinaus in das Land tragen. Auch hier sind Narben sichtbar: abgeholzte Wälder, verödete Felder, heruntergekommene Häuser. Das einstige Heiligtum Daeides in Trümmern. Doch die Bewohner der Dörfer und Städte feiern Freudenfeste. Auch wenn es den Menschen nie ganz gelingen wird, vergessen wollen sie die Tage der Unterdrückung. Das Volk der Nevlyn ist wieder ein freies Volk. Ihr Prinz ist zurückgekehrt.

A Haon

Sternenklar war die Nacht der Sommersonnen-wen-de. Con Manor Nevlyn, die große Halle des Königs, strahlte, erhellt von ungezählten Kerzen und Fackeln, hinaus in das Land. Lachen hallte, Musik, Anfeuerungsrufe, Schwerter und Schilde, die bei den freundschaftlichen Kämpfen aufeinanderprallten. Auch von der Hauptstadt und den umliegenden Dörfern klang Fröhlichkeit herauf. Dabei war die Luft furchtbar schwül. Beachteten die Menschen das Wetterleuchten nicht? Wie sollte ein Bussardküken, wie ich es war, schlafen können, in diesem Lärm, in dieser Schwüle? Tiefer kuschelte ich mich in mein Nest in der Falknerei auf Con Manor. Ganz entfliehen konnte ich dem Radau nicht. Mein Mensch hatte erzählt, dass das Fest der Sonnenwende ein Tag der Freude, ein Tag des Friedens sei. Ich fand dieses Getöse alles andere als friedlich. Aber wenn mein Mensch glücklich war, sollte es mir recht sein. Er hatte mich gefunden, nachdem ich aus dem Nest meiner Mutter gefallen war, draußen in den Wäldern, die die Feste umgaben. Mein Mensch, Urieén, Kronprinz der Nevlyn, versorgte mich mit Nahrung, was keine leichte Aufgabe war, so ein Bussardküken hat schließlich immer Hunger. Den Namen Fiain gab er mir, was in der alten Sprache nichts anderes bedeutet als Wind. Aber ich schweife ab, verzeihen Sie einem alternden Bussard.

Das Fest der Sommersonnenwende galt bei allen Völkern als heilig. Die Halle und die sie umgebenden Gebäude waren unbewacht. Die Menschen auf Con Manor feierten. Die Stimme meines Menschen, sein Lachen, konnte ich deutlich heraushören. Unbekümmert und frohgemut war er in jenen Tagen. Ein hübscher Bursche war er, mit seinen dunkelbraunen, fast schwarzen Haaren, die in langen Wellen über seine Schultern tief in seinen Nacken fielen. Seine blaugrünen Augen strahlten fast ständig, es gab wenig, das sie einmal zornig funkeln ließ. Immer lauter wurden die Rufe derjenigen, die den Kronprinzen kämpfen sehen wollten. Ich stellte mir vor, wie er in den Kreis der Tische trat und sich seinen Gegner wählte. Dem Klingen der Schwerter nach zu urteilen, schien er gegen zwei Gegner gleichzeitig zu kämpfen. Dem bald einsetzenden Jubel konnte ich entnehmen, dass er sie besiegt hatte. Der Kronprinz würde die alte Tradition der kühnen Könige der Nevlyn weiterführen, daran zweifelte in dieser Nacht niemand in der großen Halle. Und er war erst 16 Jahre alt.

Plötzlich vernahm ich andere Geräusche. Zuerst war es ganz leise. Rascheln im Gebüsch. Metall, das gegen Stein schlug. Ein Kiesel, der davonrollte. Krieger, die sich anschlichen. Keiner hörte sie, in der lauten Fröhlichkeit. Ich jedoch verkroch mich in die hinterste Ecke der Falknerei.

Dann schlugen die Fremden los, metzelten alle nieder, Männer, Frauen, Kinder. Reiter, schwarz gekleidet, das Visier geschlossen. Sie hatten ihre Pferde vor dem großen Tor zurückgelassen. Drangen über den Hof, hinein in die Halle. Der König und seine Krieger wurden völlig überrascht. Einige hatten schon viel zu viel Met getrunken. Dennoch, sie griffen nach ihren Schwertern und gaben sich nicht kampflos geschlagen. Ich hörte meinen Menschen zwischen dem Kampfgeschrei.

»Nein Vater, ich bin alt genug! Ich werde nicht fliehen.«

»Du musst überleben! Mach, dass du hier wegkommst! Das ist ein Befehl!« Mein Mensch gehorchte seinem Vater. Oder wurde er nur von Gildas, seinem Lehrmeister, gezwungen? Gepackt und mitgezogen? Durch geheime Gänge erreichten sie ein Hintertürchen in der Ringmauer, nahe der Falknerei. Urieén weigerte sich, die Feste zu verlassen.

»Fiain! Ich muss ihn mitnehmen, er braucht mich. Ich gehe nicht ohne ihn.« Gildas sparte sich die Zeit, die ein Streit mit dem Prinzen gekostet hätte und ließ ihn gewähren. Sicher wusste er, dass wochenlange Flucht und lange Jahre in der Fremde bevorstanden. Vielleicht war er deshalb so nachgiebig und ließ Urieén einen vertrauten Begleiter, mochte es auch noch so gefährlich sein, mich zu holen. Oder folgte er einer Eingebung Daeides? Ahnte er, dass ich mehr war als das, was der äußere Schein erkennen ließ? Ich jedenfalls bin ihm dankbar bis zum heutigen Tag und werde es für den Rest meines Lebens bleiben.

Je näher mein Mensch kam, desto mehr fühlte ich seine Verzweiflung. Urieén holte mich aus meinem Nest, barg mich in sein weites, weiches Hemd. Die Festkleidung des Kronprinzen der Nevlyn, die zerrissen und mit Blut besudelt war. Fest drückte er mich an sich. Und verließ die Burg seiner Väter. Heimlich, wie ein Dieb.

Sie rannten, stolperten, stürzten, standen wieder auf. Quer durch den Wald, hinunter ins Tal, den nächsten Hügel hinauf. Schließlich hielt Gildas an, schwer atmend. Der Gelehrte und königliche Berater war nicht mehr der Jüngste. Rauch hing in der Luft, brannte in den Lungen, machte das Atmen schwer. Sie warfen einen Blick zurück. Der Himmel über Con Manor schien dunkelrot. Verzweifelte Schreie von Menschen und Tieren drangen herüber. Die große Halle brannte, die sie umgebenden Häuser, die Stallungen. Flammen schlugen aus den Dächern. Das Gestein glühte. Schließlich knickten einige Säulen ein, das

Dach brach zusammen und riss einen Teil der Mauer mit sich. Wir spürten den Donner und die Erschütterungen selbst hier. Funken stoben, der Himmel schien zu brennen.

Waren es die Funken, die sich über das umliegende Land verteilten? Oder waren weitere Reiter auf den Hügel, der Con Manor gegenüberlag, hinauf geritten? Das Heiligtum Daeides war prächtig ausgestattet mit kostbaren Teppichen. Öl und Räucherwerk lagerte in den Nebenhallen. Innerhalb kürzester Zeit brannte es dort lichterloh. Eine einzige Flamme schien es zu sein, die das Kuppeldach des Heiligtums zum Bersten brachte und sich in den Himmel streckte.

Mehr und mehr verstummten die Schreie. Nur die Zerstörung konnte man hören, das Feuer, das sich unermüdlich weiter fraß, knisterndes Holz, berstende Mauern. Urieéns Knie gaben nach, er klammerte sich an einen Baumstamm. Sein Vater, seine Brüder, seine ganze Familie, seine Freunde, all die Krieger und

Edlen der Nevlyn ... Sein Lehrmeister stand unbeweglich neben ihm.

»Gildas, wer sind die?«

»Ich weiß es nicht.« Er war nicht sicher, doch er ahnte es. Fern im Osten leuchtete ein kaltes, grünes Licht. »Ich weiß es nicht, aber wir werden es herausfinden.«

»Warum Gildas? Wie konnte das geschehen? Warum hat Daeide das zugelassen? Unser Volk hat ihm immer treu gedient!« Tränen, die Urieén, Prinz der Nevlyn nicht zulassen wollte, steckten ihm im Hals fest und machten ihm das Sprechen schwer.

»Wir müssen weiter auf ihn vertrauen. Unser Gott macht keine Fehler.« Gildas klang nicht überzeugt. Urieén sank auf den Waldboden. Er gab auf, gegen die Tränen anzukämpfen. Ich versuchte, mich möglichst eng an ihn zu kuscheln. Ich hatte Angst, ich gebe es zu. Ich war ein kleines Bussardküken, mehr nicht. Aber ich spürte auch, dass er Trost nötig hatte, und sei er noch so klein. Eine Weile blieben sie noch, konnten die Augen nicht von der Zerstörung abwenden.

»Warum musste ich fliehen? Warum durfte ich nicht mit dem Schwert in der Hand sterben, wie all die anderen?«

»Denk noch nicht einmal daran!« Gildas fuhr seinen Schützling an. »Sag so etwas nie wieder, hörst du!« Dann sprach er ruhiger weiter. »Du weißt doch, warum du leben musst.« Urieén nickte.

»Die alte Prophezeiung. So lange noch einer der Königslinie lebt, wird das Volk der Nevlyn nicht untergehen.«

»Richtig! Ihr seid Könige und Priester eures Volkes. Die Macht Daeides lebt in euch. Ohne euch ist das Volk der Nevlyn lebendig tot.«

Auf einem anderen Hügel war eine Frau erschöpft zusammengesunken. Das Mädchen auf ihrem Arm, ein Kleinkind von fünf Jahren, hatte einige Zeit geweint

und gewimmert. Nun war es eingeschlafen. Mühsam erhob sie sich und ging weiter. In einer Höhle fand sie schließlich Unterschlupf.

Weiter nach Norden eilten wir, immer weiter, tagelang. Urieéns Stiefel aus weichem Leder, nur für Festtage geschaffen, waren längst rissig und hielten keine Feuchtigkeit und keine Kälte mehr ab. Gildas hatte es noch schlimmer getroffen. Seinem Stand gemäß hatte er nur Schuhe aus gewebter Wolle getragen. Aus edlem Zwirn zwar, aber das nützte ihm jetzt nichts mehr. Die Sohle war durchgescheuert, Blasen hatten sich auf seinen Füßen gebildet. Er kannte Heilkräuter, ja. Aber der alte Mann litt. Wir fanden Unterschlupf in Höhlen und Waldhütten. Gildas und mein Mensch ernährten sich von wildem Gemüse und Kräutern, Früchten und Wurzeln. Zeit, um auf die Jagd zu gehen oder gar Fallen zu stellen nahmen sie sich nicht. Mein Mensch antwortete nur einsilbig, wenn Gildas ihn ansprach. Meinst redete er gar nicht und blieb in sich selbst versunken. Seine Augen hatten ihr Strahlen verloren.

Urieén und Gildas hatten sich in eine Höhle zurück-
gezogen, ein wenig abseits der Straße, einen kleinen
Abhang hinauf. Von der breiten, gepflasterten Straße
einsehbar, ja. Und doch bot sie einen gewissen Schutz.
Gildas schlief sofort ein. Mein Mensch ließ sich am
Eingang der Höhle nieder. Auch er war erschöpft, immer wieder fielen ihm die Augen zu. Er durfte nicht
einschlafen, er musste Wache halten. Gildas war alt.
Und er war kein Krieger. Gildas war ihm ein väterli-
cher Freund geworden, in all den Jahren, in denen er
Unterricht bei ihm erhalten hatte. Ein Vertrauter, zu
dem er mit all seinen Fragen kommen konnte. Weise
und dem Prinzen treu ergeben. Anders als so mancher
Diener in Daeides Heiligtum, die sich nach dem ein
oder anderen Jugendstreich sofort bei seinem Vater
beschwert hatten. Auf alle Fragen hatte Gildas eine
Antwort gewusst. Aber kämpfen? Nein, dafür war der
königliche Ratgeber nicht geschaffen. Und Wache
halten? Einmal hatte Urieén sich überreden lassen, zu

schlafen. Als mein Mensch wieder erwacht war, war Gildas eingeschlafen gewesen. Und die Zeit weit fortgeschritten. Trotz allem guten Willens, er war einfach zu erschöpft gewesen. Seitdem gönnte sich mein Mensch noch weniger Ruhe. Er lehnte sich an das kalte Gestein. Ich saß auf seinem Schoß. Immer wieder strich er mir über die Daunen. Mit meinem Schnabel spielte ich mit seinen Fingern.

»Du bist ebenfalls erschöpft, Fiain, nicht wahr? Nein, ich kann dir nicht zumuten, an meiner Stelle zu wachen. Meinst du, ich kann trotzdem die Augen schließen?« Er erwartete keine Antwort. Er glaubte zu jener Zeit noch nicht einmal, dass ich ihn verstehen konnte. Die Augen fielen ihm zu. Doch er blieb wachsam wie ein Luchs. In dem Moment, in dem ich meine Ohren spitzte, fuhr auch er auf. Reiter! Noch ein ganzes Stück entfernt, doch rasch näher kommend. Reiter in langen schwarzen Mänteln, das Visier geschlossen. Reiter wie die, die Con Manor überfallen hatten. Sie galoppierten den Weg entlang.

Urieén presste sich an die Wand im Schatten der Höhle. Und beobachtete. Einer zog die Zügel an. Rief den anderen etwas zu. Er nahm den Helm ab, sah sich um. Urieén wagte nicht, zu atmen. Des Fremden Blick blieb an der Höhle hängen. Mein Mensch zitterte. Kaum spürbar, aber er zitterte. Rührte sich kein bisschen. Der Fremde nahm ihn wahr. Dessen war der Prinz sich sicher. Er erfasste ihn mit seinen starren, kalten Augen. Kein Leben schien darin zu liegen. Nach unendlichen Augenblicken setzte der Fremde seinen Helm wieder auf und folgte den anderen. Mein Mensch sank zu Boden, als hätte ihn ein Pfeil getroffen. Nur langsam kam er wieder zu Atem. Warum stand Gildas plötzlich neben ihm? Eben hatte er doch noch friedlich geschlafen? Er legte meinem Menschen eine Hand auf die Schulter und starrte den Reitern nach. Doch er sprach kein Wort.

Endlich erreichten wir unser Ziel: Morgant im Reich der Solas.

Die Solas sind ein erstaunliches Volk. Einst, so erzählt man sich, war Innes, ein göttlicher Diener Daeides, aus dem Himmel herabgestiegen. Er hatte sich in Solina, eine Frau von unermesslicher Schönheit und sanftem Wesen, verliebt und für sie die Sterblichkeit gewählt. Aus dieser Verbindung ging das Volk der Solas hervor. Wenn man bei ihnen wohnt, sie kennenlernt, mag man gerne glauben, dass etwas Göttliches in ihnen lebt. Ein Strahlen scheint sie zu umgeben, ein Strahlen, das besonders in ihren Augen liegt. Sie sind geschickte Künstler und Kunsthandwerker, auch ihre einfachsten Alltagsgegenstände sind prächtig. Und es sind hervorragende Kämpfer, mit instinktiven Reflexen, mit Augen scharf wie Adleraugen und schnell wie Luchse.

Fürst Colan von Morgant aus dem Volk der Solas gewährte uns Zuflucht. Er war ein Freund des Vaters meines Menschen gewesen. Das Fürstentum Morgant grenzte an das Reich der Nevlyn. Auch Andere aus unserem Volk hatten es geschafft, zu den Solas zu fliehen. Fürst Colan hatte bereits Kunde von dem

Überfall der schwarzen Reiter. Er empfing uns in der Halle des Hauses.

»Seid mir willkommen. Wenn auch der Anlass ein großes Unglück ist, bin ich doch froh, wenigstens Euch noch lebendig und gesund vor mir zu sehen, Prinz Urieén. Fühlt Euch wie zuhause, ruht von Euren Strapazen. Mein Heim soll das Eure sein.«

»Ich danke Euch, Fürst Colan, für Euer freundliches Angebot. Und für eine Nacht und einen Tag nehme ich es gerne an. Und ich bitte Euch, meinem Lehrmeister den Schutz zu gewähren, den ihr mir anbietet. Ich selbst möchte so schnell wie möglich in meine Heimat zurück.«

»Nein!« Gildas und Fürst Colan bestimmten es in einem Atemzug.

»Urieén, das ist zu gefährlich. Du kannst nichts ausrichten und bringst dich dabei nur unnötig in Gefahr.«

»Es gibt sicherlich noch irgendwo versprengte Getreue. Überlebende, die ich sammeln kann. Ich muss zurück!«

»Euer Lehrmeister hat recht, Prinz Urieén. Ich werde Späher aussenden und meinen König benachrichtigen. Und bedenkt, dass Ihr noch jung seid. Nicht jeder würde einem Jüngling folgen.« Urieén verzog den Mund, machte eine wegwerfende Handbewegung, die mich, der ich auf seiner Faust saß, zwang, zu flattern, damit ich das Gleichgewicht nicht verlor.

»Ich will mich nicht feige verstecken! Ich bin der Prinz der Nevlyn. Ich gehöre in meine Heimat, nicht hierher.« Zornig wischte er sich über die Augen.

»Urieén, komme doch erst einmal zur Ruhe ...« Gildas versuchte, vernünftig mit seinem Schützling zu reden.

»Zur Ruhe kommen? Nachdem meine Familie umgebracht wurde? Nachdem ich gezwungen wurde, zu fliehen? Nachdem ich tagelang unterwegs war, ohne Pause, ohne Schlaf?«

»Eben darum, Prinz Urieén. Ihr müsst wieder neue Kräfte sammeln. Bleibt hier und ruht, während ich Späher aussende. Wenn sie zurück sind, können wir weiter entscheiden.« Mein Mensch gab endlich auf und ordnete sich den weisen Worten des Fürsten der Solas unter.

So wurden wir Gäste des Fürsten von Morgant. Endlich bekam ich wieder etwas Anständiges zu essen. Ich durfte bei meinem Menschen leben, in einer Ecke seines Zimmers. Auch Gildas und mein Mensch wurden versorgt, konnten wieder einmal richtig schlafen, ohne Angst.

Der alte Förster war einst ein schneidiger Jäger gewesen. Ein Jäger, der seinen König auf manche Reise begleitet hatte. Von einer dieser Reisen hatte er einen besonderen Schatz mitgebracht: Sein geliebtes Eheweib. Sie war nicht nur schön, sondern auch klug und fleißig. Sie kehrte gerade den Staub aus der Eingangstür, als sie eine Frau auf das Försterhaus zu wanken sah. Schwer schien sie an dem Kind zu tragen, das sie auf ihren Armen hielt. Es schien ihr einziges Gepäck

zu sein. Ihre einstmals kostbare Kleidung aus schwerem Tuch wies Risse und Flecken auf. Etwas an dieser Gestalt, an diesem Gang, war der Försterin vertraut.

»Base?«

»Ja, ich bin es. Verzeih meinen Aufzug. Ich habe fliehen müssen. Ein großes Unglück hat Con Manor und ganz Nevlyn getroffen.«

»Komm doch erst einmal herein. Bist du den ganzen Weg zu Fuß hierher gekommen? Du musst völlig erschöpft sein! Setze dich, ruh dich aus. Ich werde euch eine kräftige Hühnersuppe kochen. Und dann erzähle.«

Zwei Tage blieben sie im Försterhaus. Dann konnten sie in eine kleine Waldhütte umziehen, ein Jagdhaus, das niemand mehr benutzte. Ein ungestörtes Heim mit einem großen Garten. Denn im Försterhaus war es zu eng für sie. Das kleine Mädchen wollte sich nicht von den jungen Kätzchen trennen, die die Katzenmutter vor wenigen Monden geworfen hatte.

»Imma, Katze mitnehmen!«

»Aber Kind, das können wir doch nicht …«

» Warum denn nicht, Base? Von mir aus darf sie gerne eines der Kleinen haben. Und es würde euch auch das Haus von Mäusen frei halten.« Sie beugte sich zu dem Mädchen hinunter. »Welches möchtest du?« Das Mädchen sah sich um. Eines der Kätzchen, eine hübsche mit schwarzweißem Fell, wirkte ernster als die anderen. Es schaute die Kleine unverwandt an.

»Die da!«

»Na gut, dann soll es so sein …«, sprach die Frau, die die Kleine Imma genannt hatte.

Die Späher, die ausgesandt worden waren, kehrten nach und nach zurück. Sie brachten keine guten Nachrichten. Alle Festungen Nevlyns waren in der Hand von fremden Kriegern. Das Volk der litt unter der habgierigen und grausamen Herrschaft. Sie plünderten Häuser und Höfe. Wenn sie nicht genug fanden, zündeten sie die Scheunen an. Wenn ein Mann wagte, Widerstand zu leisten, wurde er erschlagen. Aussicht, das Land zurückzuerobern? Nein, die sahen die Späher nicht.

So blieb Urieén in Morgant und wurde Teil der Familie des Fürsten. Er wuchs mit dessen Söhnen auf, der Fürst behandelte ihn wie seinen eigenen Sohn. Cahal war der Älteste, zwei Jahre älter als mein Mensch. Cathair war nur wenige Monde jünger als der Prinz der Nevlyn. Er schloss Urieén schnell ins Herz und tat meinem Menschen mit seiner fröhlichen Art gut. Doch Urieéns Herz fand keine Heimat bei den Solas.

A DÓ

Die Hälfte des Jahres verbrachten die drei Prinzen am Königshof. Für Cahal und Cathair war das Tradition. Der König der Solas und Fürst Colan beschlossen, dass auch mein Mensch dieser Regel folgen sollte. Urieén fügte sich. Weit weg von der Grenze nach Nevlyn, keine Möglichkeit mehr, manches Mal heimlich über die Grenze zu reiten. Aber er hatte keine andere Wahl. Er musste dankbar sein, auch wenn er sich noch fremder und verlorener fühlte, unter all den jungen Solas; unbekümmerte Burschen, Söhne von Adeligen, wie Cathair und Cahal.

Oft saß ich in einem Baum im Hof und beobachtete die jungen Männer, wenn sie von den besten Lehrern des Landes in den Kampfkünsten unterrichtet wurden. Ich war nicht der Einzige. Manches Mal stand der König der Solas an einem Fenster und hatte ein besonderes Auge auf den Prinzen der Nevlyn. Urieén war morgens der Erste auf dem Kampfplatz und abends oft der Letzte. Meist übte er mit Cathair. Mit zusammengepressten Lippen stand er dem jungen Solas gegenüber. Mochten die Solas noch so geschickte Kämpfer sein, mein Mensch stand ihnen bald in nichts nach. Der Gedanke an Rache steckte tief in ihm. Manches Mal trieb es ihn fast zur Verzweiflung, dass er nicht wusste, wie er jemals würde Vergeltung üben können. Sein Königreich war in der Hand eines grausamen Herrschers, sein Volk wurde unterdrückt und ausgebeutet, das berichteten Boten und Händler immer wieder. Und er konnte nicht helfen. Jeden Abend stand er am Fenster und blickte weit über das Land. Dort, dort drüben, lag Nevlyn, viele Meilen entfernt. Unerreichbar. Ich fühlte, wie hilflos er war, nachts, wenn er wieder einmal aus einem Alptraum erwachte. Die Tränen, die sich dann in seine Augen schlichen, sah nur ich.

Zwei Jahre zogen ins Land. Die drei Prinzen kehrten nach einem weiteren halben Jahr des Kämpfen und Lernens mit ihren Dienern aus der Hauptstadt zurück. Und mit mir natürlich. Colan von Morgant empfing uns mit einem Lächeln.

»Cathair, Urieén, kommt mit in die Ställe. Ich habe eine Überraschung für euch!« Zwei Fohlen standen bei ihrer Mutter im Stall. »Ein schwarzer und ein weißer Hengst ... Zwillinge! Ich habe noch nie erlebt, dass eine Stute zwei Fohlen zur Welt bringt. Ich sehe es als besonderes Omen an. Sie sollen euch gehören. Als Symbol eurer Freundschaft. Bleibt euch treu und so eng verbunden wie Zwillinge.« Mein Mensch wählte den kleinen schwarzen Hengst und gab ihm den Namen Aed, was feurig in der alten Sprache heißt. Cathair gab seinem Hengst den Namen Alibhe, das in der alten Sprache strahlend bedeutet. Sie waren mächtig stolz auf ihre Tiere, kümmerten sich persönlich um sie, ritten sie selbst ein. Und schworen sich, immer zusammenzuhalten, was auch kommen sollte.

Und die harten Zeiten kamen. Die Macht des Feindes breitete sich immer weiter aus, er machte sich ein Königreich nach dem anderen untertan. Das Reich der Solas offen anzugreifen wagte der Feind nicht, doch immer wieder überschritten seine Krieger die Grenze, überfielen kleine Siedlungen und Dörfer. Noch verlebten die jungen Solas sorglose Tage. Doch der König und seine Fürsten saßen manches Mal mit gerunzelter Stirn beisammen.

Gildas unterrichtete meinen Menschen weiterhin in den Traditionen seines Volkes.

»Warum soll ich das alles noch lernen, Gildas?«

»Muss ich dir das immer wieder erklären? Die Königslinie, der du entstammst, reicht zurück bis in die Zeit, aus der Sagen und Legenden entspringen. Nialan, der erste der Königsline der Nevlyn, war Daeide, dem Guten Gott, treu ergeben und diente ihm mit ganzem Herzen. Doch Feinde belagerten das Land, Feinde, die ihm übermächtig erschienen. Er ging vor Daeide auf die Knie und flehte ihn um Hilfe an. Der erschien ihm daraufhin nächtens, barg ihn in seiner Hand und hauchte ihn mit seinem Odem an, umgab ihn damit mit einem Schutz, der ihm die Fähigkeit gab, seine Feinde zu täuschen, wann immer er das wollte. Mehr noch: Weil Nialan Daeide sein Leben lang von ganzem Herzen diente und ihn mehr als alles andere liebte, schwor Daeide, dass dieser Schutz jedem von Nialans Nachfahren aus der Königsline gewährt wird, so sie sich an den Guten Gott halten. Das Volk der Nevlyn war sein auserwähltes Volk, ist es immer noch und wird es bleiben. Wenn sein Herrscher ihm zugewandt bleibt, in Freud und Leid.«

»Daeide hat uns verlassen, Gildas. Wenn es ihn überhaupt gibt, hat er uns verlassen! Wo war sein Schutz, in jener Nacht? Warum musste Vater sterben? Meine Familie, so viel andere aus unserem Volk? Dieser Gute Gott hat noch nicht einmal verhindert, dass sein Heiligtum zerstört wird.« »Ich weiß es nicht, Urieén. Doch wir sollten unseren Glauben nicht aufgeben, wenn uns ein Unglück trifft. Denn was wäre das für ein Glaube, der nur in guten Zeiten stark ist?« Gildas' Augen blickten an Urieén vorbei, zurück in weite Ferne. »Dein Vater war ein starker, stolzer Mann, der nur sich selbst vertraute. Er hat die Rituale ausgeführt, ja. Doch ob sein Herz wirklich Daeide nahe war? Wohl und Wehe des Volkes der Nevlyn ist untrennbar mit dem Verhalten seiner Könige verbunden. Wenn ein König Daeide nicht mit ganzem Herzen dient, dann macht ihn das verwundbar – und mit ihm das ganze Volk. Wir können viel mit unserer eigenen Kraft erreichen, aber eben nicht alles.« Er sah Urieén an und lächelte. »Du bist genauso stark, stolz und eigensinnig wie dein Vater. Wirst du dieselben Fehler machen?«

Der Prinz der Nevlyn erwiderte nichts. Für ihn war Daeide gestorben. Aber er wollte sich nicht mit seinem Lehrmeister streiten. Warum sind selbst so kluge Menschen wie mein Mensch manches Mal so kurzsichtig?

Acht Jahre waren seit unserer Flucht ins Land gezogen. Alle Länder entlang der Grenzen der Solas waren vom Feind unterworfen worden. Oder, schlimmer noch, hatten sich ihm angeschlossen und nahmen die Brocken der Macht, die er ihnen zuwarf, gerne an. Das Land der Solas war ein Zufluchtsort für alle, die sich dem Feind entgegenstellten. Die Anhänger des

Feindes wurden immer dreister, drangen immer öfter ins Land ein. Und so kam der Tag, an dem mein Mensch und seine beiden Freunde zum ersten Mal den Anblick eines überfallenen Dorfes ertragen mussten; rauchende Trümmer, erschlagene Menschen. Selbst der stets fröhliche Cathair blieb danach in sich gekehrt. Urieén redete tagelang kein Wort.

Und dann kam jener schreckliche Tag, der alles ins Rollen brachte. Aus meinem Menschen war ein stattlicher junger Mann geworden. Und ich? Ich war nicht weniger stattlich. Wir weilten wieder einmal in Morgant, genossen die herrliche Sommersonne. Mein Mensch, Cathair und Cahal ritten täglich aus.

»Los, lasst uns um die Wette reiten!«

»Gut, wenn du mal wieder verlieren willst.« Urieén lachte. Ein seltener Anblick, in jenen Tagen. Mein Mensch war bereits in Nevlyn ein herausragender Reiter gewesen. Jetzt, nach den Unterweisungen der Solas und mit Aed unter sich, war er unschlagbar. Er hob die Faust, auf der ich saß.

»Flieg, Fiain!« Ich erhob mich in die Luft. Er stürmte den anderen voran; durch den Wald, über Wiesen. Mit Aed fliegen, den Wind in den Haaren spüren; das war Freiheit, das war Glück für ihn. Bis er schließlich hart die Zügel anzog. Die Grenze. Die Grenze nach Nevlyn. Immer wieder zog es ihn hierher. Häufig unbewusst, wie an jenem Tag. Auch wenn es ihm verboten war, die Grenze zu überschreiten. Und er inzwischen einsah, dass er alleine nichts ausrichten konnte und es zu gefährlich war. Die Macht des Feindes wurde immer größer. Ich flog zu Urieén hin. Er streckte den Arm aus und ließ mich Platz nehmen. Wartete auf die anderen. Wortlos trabte er weiter, als sie herangekommen waren. Auf ihre Scherze ging er nicht ein. Ein wenig ritten sie noch an der Grenze entlang.

Irgendetwas war da. Ich konnte nicht fühlen, nicht erkennen, was es war. Aber eine Gefahr ... ungreifbar ... sie kam immer näher. Ich schlug mit den Flügeln und stieß warnende Rufe aus.

»Ruhig, mein Schöner.« Urieén zog die Zügel an und strich mir über die Daunen meines Halses. Ich hörte nicht auf, zu flattern. Sahen, spürten die jungen Männer es nicht?

»Cahal, Cathair, wartet!«

»Was ist denn jetzt schon wieder? Hat dein Vogel einen Floh im Pelz?« Cathair wandte sich zu Urieén, ritt zurück zu seinem Freund. Cahal zog die Zügel an und blickte zurück. Sein Pferd scharrte und schnaubte.

»Ich weiß nicht, was los ist, aber ohne Grund führt sich Fiain nicht so auf. Irgendwo lauert Gefahr.«

»Es ist ein schöner, sonniger Tag. Keiner der Feinde würde es wagen, die Grenze zu überschreiten. Sie schlagen nur bei Nacht zu, diese Feiglinge.« Cahal gab seinem Pferd die Sporen und trabte weiter.

»Cahal!« Es war zu spät. Ein kaltes, grünes Licht, im Sonnenschein kaum zu erkennen, streckte seinen Strahl nach dem Prinzen der Solas aus, hüllte ihn ein. Cahal schrie, versuchte, sich aus dem Strahl zu befreien. Sein Pferd stieg, wieherte schrill, warf ihn ab und galoppierte davon. Cahal blieb im Strahl liegen, versuchte, aufzustehen. Es gelang ihm nicht. Er wurde in den Staub gedrückt, als ob eine schwere Last auf ihm ruhen würde.

»Cahal!« Cathair wollte seinem Bruder zu Hilfe eilen, trieb Alibhe vorwärts.

»Cathair, nein!« Mit einer raschen Bewegung schickte Urieén mich wieder in den Himmel, um beide Hände frei zu haben. Was tun? Cahal helfen? Aber wie? Ein Ding der Unmöglichkeit. Urieén griff Alibhe in die Zügel, lenkte Aed, in Richtung des Waldes. Zog Alibhe und Cathair unweigerlich mit. Am Waldrand hielt er an und blickte zurück. Es kostete ihm alle Kraft, die Nerven zu behalten, während Cahal seinen verzweifelten Kampf gegen diese fremde Macht focht. Schlimm genug, dass Cathair nicht klar denken konnte, versuchte, sich aus Urieéns Griff zu befreien, während Aed und Alibhe zitterten, tänzelten, kaum noch zu halten waren. Sie wollten weg hier. Urieén wog alle Möglichkeiten ab, die sie hatten, um Cahal zu helfen. Es waren nicht viele. Und keine schien ihm aussichtsreich. Cahal regte sich schließlich nicht mehr. Sie mussten fliehen, ehe das Licht, das sich wie eine Klaue immer weiter ins Land streckte, auch sie erreichte. Sie

mussten den Mann im Stich lassen, der wie ein Bruder
für ihn war.

Aed und Alibhe wussten um die Gefahr, in der wir
schwebten. Sie gaben ihre ganze Kraft, damit wir so
schnell wie möglich die Feste Morgant erreichten.
Urieén sprang vom Pferd und stürmte die Treppe
hinauf. Er nahm sich nicht die Zeit, zu warten, nachdem er an der Tür des Arbeitszimmers des Fürsten ge-
klopft hatte. Er stieß sie auf und trat ein.

»Mein Fürst, verzeiht die Störung ...« Colan von
Morgant zog eine Augenbraue nach oben, als er
Urieén entgegenblickte. Gildas saß bei ihm, eine Feder
in der Hand. Cathair trat hinter Urieén ein, langsam,
mit Tränen in den Augen.

»Urieén, Cathair ... was ist geschehen?!«

Cathair zitterte, verlor seinen Kampf gegen die Tränen, während mein Mensch dem Fürsten von den Ge-
schehnissen und seiner Vermutung, dass Cahal tot

war, berichtete. Er musste sich dabei verdächtig oft über die Augen wischen und hielt den Kopf meist gesenkt. Colan von Morgant stand auf und blickte zum Fenster hinaus.

»Cahal ... mein Sohn ... mein Erstgeborener«, begann er schließlich. »wir müssen ihn holen ... Krieger ... es müssen umgehend Krieger ausgesandt werden. Die Grenze muss gesichert werden. Ich muss in die Hauptstadt, ich muss den König benachrichtigen.

»Ich werde mitkommen!« Urieén hatte inzwischen einen Arm um Cathair gelegt.

»Nein Urieén, das ist nicht nötig. Du könntest nichts tun.« Der Fürst wandte sich ihnen wieder zu. »Bleibe hier. Hilf Cathair ... hilf meiner Frau ... Cahal, sein Leichnam ...« Fürst Colan barg seinen Kopf in seinen Händen. »Wie können sie es wagen? Wie können sie es nur wagen?«

»Ich kann hier nicht einfach untätig herumsitzen! Ich muss etwas tun!« Urieén ließ Cathair los. »Ich bitte Euch, mein Fürst!«

Gildas stand auf.

»Wenn Urieén mitreitet, dann werde ich ebenfalls mitkommen. Vielleicht kann ich am Hof des Königs nützlich sein.«

»Wozu denn das?« Fürst Colan schien nicht erfreut über die Begleitung, die ihn aufhalten würde. »Nun gut, aber in einer halben Stunde reiten wir los!«

Sie ritten unablässig. Am Hof wurden sie sofort vorgelassen. Mein Mensch schilderte dem König ebenfalls die Ereignisse. Der ließ augenblicklich Boten aussenden, lud zur großen Ratsversammlung.

Nach und nach erschienen die Fürsten der Solas und auch andere Würdenträger, die bei den Solas Zuflucht vor dem Feind gefunden hatten. Tatenlos musste mein Mensch warten, bis alle eingetroffen waren. Tag um Tag verstrich, während der Feind weitere Angriffe starten, noch mehr Menschen töten konnte. Nichts ging voran! Und doch geschah etwas Entscheidendes für ihn, in jenen Tagen.

Es begann mit einer harmlosen Schlägerei zwischen hitzigen jungen Männern, die müßig herumsitzen mussten. Ohne Sorge, dass meinem Menschen etwas geschehen könnte, saß ich im Baum und beobachtete, ob er seinem Namen Ehre machte. Der Kratzer, den er dabei davontrug, war ebenso harmlos wie der Streit. Kurz nachdem einige Wachen es geschafft hatten, sie zu trennen, saßen sie auf der Bank vor dem Häuschen der alten Heilerin.

»Ich danke Euch, dass Ihr mir zur Seite standet, Prinz der Nevlyn.«

»Das war selbstverständlich. Ihr standet allein gegen zwei.« Urieén wandte sich dem Mann an seiner Seite zu. Er war jung, noch jünger als mein Mensch. Er reichte Urieén die Hand.

»Lorcan aus dem Volk der Feal.«

»Feal? Wurde Feal ebenfalls vom Feind überfallen? Davon habe ich noch nichts gehört.«

»Schlimmer, Prinz der Nevlyn. Unser König hat sich dem Feind angeschlossen, sein ganzes Volk ausgeliefert, aus Feigheit, aus Gewinnsucht. Er zahlt Tribut, verzichtet aber nicht darauf, sich selbst Reichtümer anzuhäufen. Unser Volk leidet und hungert, weil er immer mehr Steuern aus ihm herauspresst.« Lorcan spuckte neben die Bank.

»Das tut mir leid. Es muss schwer für einen Krieger sein, gegen den eigenen König zu handeln.« Lorcan antwortete nicht sofort.

»Es ist schlimmer, als Ihr denkt, Prinz der Nevlyn.«, flüsterte er schließlich. Er blickte zu Boden. »Der König der Feal ist mein Vater.«

Urieén konnte nichts erwidern, schwieg betroffen. Er wandte den Blick ab, sah zu den Helferinnen der Heilerin hinüber. Sie eilten mit Tiegeln und Verbandsmaterial hin und her. Mein Mensch konnte seine Augen nicht von einer der jungen Frauen abwenden. Ruhig erledigte sie ihre Arbeit. Sie war anders als die Töchter der Solas. Schon äußerlich. Ihre langen schwarzen Haare hatte sie zu einem strengen Zopf geflochten. Sie flogen nicht offen wie die blonden Locken der Solas-Mädchen. Sie lachte auch nicht ständig laut, wie ihre Kameradinnen. Doch ein freundliches Lächeln lag stets auf ihren Lippen und in ihren Augen.

»Das ist Etain, ein Mädchen Eures Volkes, Prinz der Nevlyn!« Liadain, die Heilerin, war unbemerkt neben ihn getreten. »Ihre Mutter war eine liebe Freundin, eine Heilerin wie ich. Nach dem Überfall der dunklen Reiter auf Euer Land floh sie mit ihrer kleinen Tochter zu mir. Sie starb bald darauf. Etain blieb bei mir. Ich habe sie alles gelehrt, was ich weiß.« Die Alte sah ihn einige Augenblicke an, ehe sie weitersprach. Mein Mensch hatte Mühe, ihrem Blick standzuhalten. Lag etwas Anklagendes darin? Etwas Herausforderndes? »Euer Auge sieht aus, als ob es bald blau werden würde.«, sprach sie schließlich. »Kommt mit!« Urieén folgte ihr tief in Gedanken. Ein Mädchen aus seinem Volk. Die schönste Frau, die er je gesehen hatte. Eine Frau, die Leid hatte erfahren müssen, in der Fremde leben musste, weil er seinem Volk nicht half, nicht helfen konnte. Seit acht Jahren schon.

Es war amüsant, das Balzverhalten meines Menschen zu beobachten. Seine täglichen Ausritte führten ihn nur noch zu einer Lichtung unweit der königlichen Hallen, auf der eine Vielzahl der verschiedensten Blumen wuchsen. Dort saß ich dann auf einem Baum und langweilte mich, während er einen riesigen Strauß pflückte und mir dabei von Etains Schönheit vorschwärmte, ihrer Klugheit, ihrem sanften Wesen und was weiß ich noch alles. Später dann saß er zusammen mit ihr auf einer versteckten Bank in den königlichen Gärten. Stundenlang, wenn es Etains Zeit erlaubte. Seltsamerweise fehlten ihm dabei oft die Worte. Dafür hielt er sie immer im Arm oder setzte sie gar auf seinen Schoß. Immer wieder berührten seine Lippen ihre Wangen, ihre Lippen. Immer wieder flüsterte er ihr etwas ins Ohr. Sie schloss die Augen und lehnte sich an ihn. Spätestens dann flog ich davon. Noch am Hof des Königs der Solas schworen sich Etain und Urieén Treue. Ich musste das Zimmer meines Menschen verlassen und wurde in die Falknerei verbannt. Menschen! Nun, ich muss zugeben, dass sie es wert ist. Eine bessere Gefährtin hätte mein Mensch nicht finden können.

Doch einen ungünstigeren Zeitpunkt hätten sie für ihre Verbindung nicht wählen können.

Endlich wurden Urieén und Gildas zur Beratung gerufen. Mein Mensch brachte mich in die Falknerei, doch dort blieb ich nicht lange. Noch ehe er den Beratungssaal erreichte, flog ich durch ein offenstehendes Fenster und versteckte mich im Dachgebälk.

Die Halle des Königs der Solas ist noch größer als die Königshalle der Nevlyn. Die Wände sind mit Holz verkleidet, das mit Intarsien und reichen Schnitzereien geschmückt ist. Der Fußboden besteht aus grünem Marmor, ebenso die Säulen. Gold verziert die Kapitelle. Auf ihnen ruht eine Gewölbedecke, in reinem Weiß gestrichen. Zwischen den Bögen ist sie mit einem Geflecht aus dünnem, hartem Holz dekoriert, auf dem ich Platz nahm. Direkt über dem Thron des Königs.

Nach und nach trafen die Geladenen in der Halle ein. Sie nahmen auf bequemen Stühlen am Tisch Platz. Aufmerksam lauschten sie Urieéns Schilderungen. Daraufhin jedoch konnten sie nur reden, reden, reden, stundenlang. Gelangweilt steckte ich schließlich meinen Kopf unter den Flügel und döste vor mich hin. Dann jedoch schreckte ich auf. Der König der Solas hatte sich von seinem Thron erhoben. Hoffentlich sprach er endlich ein Machtwort!

»All unser Reden hier nützt nichts, wenn wir nicht mehr über den Feind wissen. Wir müssen herausfinden, wie er dieses tödliche Licht entstehen lässt und wie wir dagegen ankämpfen können. Einer von uns muss sich ihm anschließen und seine Geheimnisse erforschen.« Ein Raunen ging durch den Saal. Alle redeten wild durcheinander, alle stellten die eine Frage, die auch ich mir stellte: Wer sollte so etwas tun? Wem durfte man zumuten, sich einer solchen Gefahr auszusetzen? Der König hob erneut die Hand. Nur langsam kehrte Ruhe ein. »Es gibt einen, der bestens dazu geeignet wäre.« Ich verstand zuerst nicht, wen er damit meinte, auch wenn er in eine bestimmte Richtung blickte. Doch Gildas sprang auf, sein Stuhl kippte nach hinten.

»Nein!«

Mein Mensch hielt den Kopf gesenkt, tief in Gedanken versunken.

»Gildas, er hat recht.« Er blickte schließlich zu seinem Lehrmeister auf, ruhig, entschlossen. »Ich bin bereit, zu gehen. Was nützt es dem Volk der Nevlyn, wenn sein Prinz in Sicherheit lebt und tatenlos zusieht, wie es leidet?«

»Urieén ... wir sollten darüber beraten. Vielleicht findet sich eine andere Lösung. Jemand, der besser geeignet wäre ...«

»Wer soll das sein, Gildas? Du behauptest doch immer, dass mich ein besonderer Schutz umgibt. Wozu hast du all die Jahre versucht, mir beizubringen, wie ich die Kräfte, die Daeide mir verliehen haben soll, einsetzen kann? Ich bin ein Krieger, habe von klein auf gelernt, mein Schwert zu führen. Mit Cahal und

Cathair bin ich darin unterrichtet worden, geschickt wie ein Solas zu kämpfen. Und auch wenn ich nicht das Auge eines Adlers habe, wie die Solas, so bin ich doch ein hervorragender Bogenschütze. Je länger ich darüber nachdenke ... es gibt keinen, der besser geeignet wäre. Einen Solas würde der Feind sofort durchschauen. Und jemand aus einem anderen Volk? Ein einfacher Krieger gar? Wie sollten sie den Feind täuschen? Wie sein Vertrauen gewinnen?« Die beiden sahen sich an, hatten die anderen vergessen. »Gildas, ich habe die Blutbäder entlang der Grenze gesehen. Ich habe erlebt, was mit Cahal geschah. Denkst du, ich hätte auch nur einen einzigen Augenblick vergessen, wie Con Manor Nevlyn in Flammen aufging? Mein Volk leidet, Gildas. Ich muss etwas tun. Und endlich habe ich die Gelegenheit dazu.«

»Urieén ...« Gildas suchte nach Worten. »Du kennst den Feind nicht ...«

»Kennt Ihr ihn denn?« Der König sah Gildas durchdringend an. Der hob den Stuhl auf und setzte sich, seufzte. Weit zurück in seine Jugend wanderten seine Gedanken.

»Ich weiß nicht, ob er es wirklich ist, aber ich hatte von Anfang an eine Vermutung. Ich lernte bei dem großen Tadh das Wissen der Magier. Zwei weitere mit mir. Wir hatten geschworen, unsere Kenntnisse und Fähigkeiten in den Dienst des Guten Gottes zu stellen, den Menschen zu helfen. Doch einem von uns fiel es schwer, sich an diesen Schwur zu halten. Hochbegabt war er, der Beste von uns. Schon damals träumte er von der Macht, die Huarwar, die dunkle Gottheit, jenen verleiht, die ihr dienen. Heimlich forschte er in verbotenen Schriften. Er war der Beste und wurde unser Feind. Tadh schloss ihn von den Studien aus, sein Name wurde nicht mehr genannt und aus allen Aufzeichnungen entfernt, dem Vergessen preisgegeben. Vielleicht hat er einen neuen Lehrmeister gefunden, einen, der der dunklen Gottheit dient. Vielleicht hatte er auch gar keinen Lehrmeister mehr nötig. Als ich Con Manor Nevlyn brennen sah und dieses kalte, grüne Licht in der Ferne, musste ich sofort an ihn denken. Er hatte einst von einem Licht gesprochen, das Feinde aufspüren, quälen und töten kann. In den verbotenen Schriften hatte er davon gelesen. Das, was die Prinzen erlebt haben, bestätigt meine Vermutung.

Stand er bei seinem Überfall auf Nevlyn erst am Anfang, so hat er nun sein Ziel erreicht.«

All meine Daunen hatten sich bei Gildas Worten aufgestellt. Huarwar, die dunkle Gottheit. Auch er, so erzählen sich die Menschen, war einst ein Diener Daeides gewesen. Auch er begehrte eine Sterbliche. Doch sie wies ihn ab. Er nahm sie mit Gewalt und wurde daraufhin von Daeide aus den Himmeln verbannt. Seitdem zieht er über die Erde. All sein Streben ist es, Rache an den Menschen zu nehmen. Zu quälen und zu zerstören. Auch wenn er denen, die ihm dienen, reiche Macht verleiht. Schweigen herrschte im Saal, die meisten hatten den Blick gesenkt oder vermieden es zumindest, Gildas und Urieén anzusehen.

»Ich muss gehen, trotz der Gefahr. Wir können nicht hier sitzen und abwarten, bis der Feind seinen Einflussbereich immer weiter ausdehnt. Ich fürchte mich nicht vor einer dunklen Gottheit. Falls all das, was du mich gelehrt hast, wahr ist, falls es Daeide gibt, wird er mir beistehen. Wenn nicht mir, wem dann? Oder zweifelst du daran?« Mein Mensch war immer noch die Ruhe selbst.

»Ich habe es dir gegenüber nie zugegeben, aber seit jener unglückseligen Nacht habe ich mich oft gefragt, ob es Daeide überhaupt gibt. Oder ob wir uns das alles nur erträumt haben.«

»Ich auch, Gildas, das weißt du. Aber ob mit oder ohne Daeide, wir müssen uns dem Feind entgegenstellen. Und ich werde meinen Beitrag dazu leisten. Mit eigener Kraft, wenn es sein muss. Und ich habe die Stärke und die Fähigkeiten!«

»Urieén ...« Gildas klammerte sich an den letzten Strohhalm. »Was ist mit Etain? Was wird sie sagen? Willst du nicht zuerst mit ihr sprechen? Ich dachte, du liebst sie. Willst du sie verlassen, auch wenn du nicht weißt, ob du sie jemals wiedersehen wirst?«

»Gerade weil ich sie liebe, muss ich gehen. Gildas, wenn es noch Hoffnung für das Volk der Nevlyn geben soll, dann muss ich handeln. Und Nevlyn ist Etains Heimat.« War mein Mensch wahnsinnig? In diese Hölle wollte er sich begeben? Und mich womöglich noch mitnehmen? Doch gab es für mich eine Wahl? Ich musste ihn begleiten, ohne mich wäre er verloren.

A Tri

Taunass war das Gras, die Sonne schickte ihre ersten Strahlen. Noch lag die Feste im Schatten. Der Wachposten war ein wenig eingenickt. Plötzlich fuhr er hoch. Solas brachen durch das Unterholz, stürmten das Tor, ehe er Alarm schlagen konnte. Dann ein Reiter aus dem Nirgendwo, ein Hengst wie ein schwarzer Blitz. Laut schreiend schlug der Fremde auf die Solas ein, vertrieb sie. Der Herr der Feste eilte in den Hof, versetzte dem Wachposten einen Schlag mit der Faust. Dann rief er den Fremden zu sich und lud ihn ins Haus. Hoch über der Feste schwebte ich und beobachtete, wie mein Mensch Einzug in die Welt des Feindes hielt. Gründlich hatten sie diesen Überfall geplant. Späher waren durch die Lande, die der Feind unterjocht hatte, gezogen und hatten diese nachlässig bewachte Burg ausfindig gemacht. Unseren Freunden aus Solas drohte keine Gefahr bei dem vorgetäuschten Überfall.

Gemeinsam mit dem Herrn der Feste stieg mein Mensch die Stufen zur großen Halle hinauf. Ich hatte wieder einmal auf seinem Handschuh Platz genommen. Der Herr der Feste konnte sich nicht genug bei ihm bedanken.

»Ich bin Euch zu großem Dank verpflichtet, Herr! Gibt es irgendetwas, das ich für Euch tun kann?«

»Nun, ein gutes Frühstück wäre jetzt nicht zu verachten. Und nennt mich bitte nicht Herr, ich bin ein einfacher Krieger. Mein Name ist Tynan.«

»Das sollt Ihr haben, und ein Mittagsmahl dazu. So oft Ihr wollt. Und so lange Ihr wollt. Es sei denn, Ihr habt unaufschiebbare Dinge zu erledigen. Was führt Euch hierher?«

»Ich bin auf der Durchreise, ich ziehe von Ort zu Ort und bleibe dort, wo ich eine Aufgabe finde und gutes Geld verdiene. Immer so lange, wie es mir gefällt. Ich möchte meine Freiheit nicht verlieren.«

»Bleibt bei mir! Ich kann Krieger wie Euch gebrauchen. Die, die ich habe, sind ein müder Haufen, wie Ihr ja selbst gesehen habt. Es ist nicht einfach, gute Männer zu finden.«

»Ich weiß … Ihr müsst einen hohen Tribut an den Herrn dieses Landes zahlen und könnt Euren Kriegern daher nur einen geringen Sold gewähren. Da ist es kein Wunder, dass die Besten Euch davonlaufen und bei anderen Herren Anstellung finden.«

»Ja, genau so ist es, Herr!« Der Herr der Feste jammerte vor sich hin. »Harte Zeiten sind es … und woher soll ich da den Lohn für die Söldner her nehmen?«

»Nennt mich bitte Tynan.«

»Gerne, Tynan.«

»Gut, dann bleibe ich … sagt, Euer Herr, kommt er häufig hierher?«

»Ja, in ein paar Wochen wieder. Warum fragst du?«

»Ich habe mir schon immer gewünscht, ihm einmal gegenüberzustehen.« Nun, zumindest das war nicht gelogen. Wenn auch aus anderen Gründen, wie er dem Herrn der Feste vorgaukelte.

»Das sollst du, Tynan, das sollst du! Ich werde ihm eine Botschaft senden.«

Urieén wurde damit beauftragt, die Krieger zu überwachen und sie zu Waffenübungen anzutreiben. Er tat zumindest so, als ob er die Aufgabe mit Ernst erledigen würde. Aber er dachte nicht daran, diesem liederlichen Haufen beizubringen, wie man gegen die Solas kämpfte.

Der Herr der Feste hielt Wort. Bereits wenige Wochen später reiste er an: Der Feind. Mit keinem anderen Namen werde ich ihn hier erwähnen. Getilgt sein soll er aus dem Gedächtnis der Menschen und aus den Geschichtsbüchern, wie es jenen zusteht, die sich Huarwar verschreiben.

Es war leicht für meinen Menschen, das Vertrauen des Feindes zu gewinnen, fast schon erschreckend leicht. Urieén wurde ihm als derjenige vorgestellt, der die Feste vor den Solas gerettet hatte. Offen blickte mein

Mensch dabei den Feind an, lächelte. Auch wenn er miterleben musste, dass es dem säumigen Wächter schlecht erging.

»Soll ich ihn opfern, Herr?«

»Nein! Hast du keinen größeren Respekt vor Huarwar, dass du ihm ein solch schwächliches Opfer bringen willst? Foltere ihn in aller Öffentlichkeit zu Tode. Das wird das Volk unterhalten und gleichzeitig ein Exempel statuieren.« Mein Mensch biss sich unmerklich auf die Unterlippe. An solche Grausamkeiten würde er sich gewöhnen müssen.

Mit lachender Tollkühnheit beeindruckte Urieén am nächsten Tag den Feind bei der Jagd. Er erreichte sein Ziel damit schneller, als er selbst gedacht hatte. Der Feind nahm ihn mit in das Herz seines Reiches, in seine eigene Festung. Während des langen Ritts ließ er ihn neben sich reiten.

»Tynan ist also dein Name. Woher stammst du?«

»Von überall und nirgends. An meine Eltern kann ich mich nicht erinnern. Ich habe mich mit Betteln am Leben gehalten und schließlich kämpfen gelernt. Seitdem ziehe ich als Söldner durch die Lande.«

»Für einen Betteljungen reitest du aber ein prächtiges Pferd und trägst ein edles Schwert.«

»Nun ...« Mein Mensch lachte. »Wenn man etwas gerne haben möchte, muss man nur wissen, wie man es sich leicht und schnell beschaffen kann.« Der Feind stimmte in sein Lachen ein.

»Solange du diese Fertigkeiten nicht in meiner Festung anwendest ...« Lange sah er meinen Menschen an. »Irgendetwas an dir ist besonders. Du bist anders, verbirgst etwas. Selbst ich kann nicht durchschauen, was es ist.«

»Wenn man ein Leben führt, wie ich es tue, hat man vieles zu verbergen.« Mein Mensch lächelte immer noch. Der Feind nickte.

»Du bist stolz und tapfer, Tynan. Es gibt viel zu wenige von deiner Art. Ich möchte, dass du bei mir bleibst.«

Ich saß währenddessen auf der Faust meines Menschen und schämte mich, dass er so dreist lügen konnte.

Und dann tauchte sie vor uns auf. Zuerst sah es nur so aus, als ob zackige Felsen aus einer Insel im Meer aufragen würden. Ich erhob mich in den Himmel, flog näher heran. Die Zacken entpuppten sich bald als schwarze Türme und Zinnmauern einer mächtigen Festung, die sich auf einer weit ins Meer hineinragenden Steilküste erhob. Meterdicke Mauern umgaben die Häuser und Stallungen. In der Mitte der Festung erhob sich ein breiter dunkler Turm, der alle anderen Gebäude um Längen überragte. Der einzige Zugang zu der Festung führte über eine schmale Brücke, die sich über einen tiefen Abgrund spannte, ein Einschnitt im Felsen, den man nur erkennen konnte, wenn man nahe genug herangekommen war. Ich flog zurück zu meinem Menschen, ließ mich auf seiner Faust nieder, kuschelte mich an ihn, so gut es ging. Ich wollte nicht alleine sein, ich gebe es zu. Und ich wollte nicht, dass er alleine blieb. Wir zogen durch das große Tor. Die dunklen Mauern schlossen uns ein. War es

die Abenddämmerung, die die Feste so düster wirken
ließ? War es der aufsteigende Nebel und seine
Feuchtigkeit, der einen Hauch von Moder und
Fäulnis in der Luft hängen ließ? Ich spürte, dass es
mehr sein musste. Das große Tor schloss sich mit
einem dumpfen Schlag hinter uns. Urieén zuckte
zusammen. Die Faust, auf der ich saß, sie zitterte
leicht.

Die Wachen am Tor. Diese Augen. Kalt, ausdrucks-
los, leblos. Wie damals. Wie die Reiter, die Nevlyn
überfallen hatten.

Er wartete an der Eingangstreppe. Als der Feind auf
ihn zuschritt, verbeugte er sich so tief, dass seine Haare den Boden berührten.

»Willkommen zuhause, Herr!«

»Ich danke dir, Weylon. Tynan, komm, ich muss dir Weylon vorstellen. Er ist einer meiner treuesten Gefolgsleute, mein Sekretär, meine stete Hilfe.«

»Das Mädchen für alles?« Wie schaffte es mein Mensch nur, in dieser Lage solche Scherze zu machen? Mir jedenfalls war es unheimlich in diesen dunklen Mauern. Die Wachen am Tor und auf den Wällen standen regungslos. Kein Zwinkern der Augen, kein Verziehen des Mundes. Sie schienen mir wie Geister.

Dieser Weylon war zwar lebendig, doch er traute meinem Menschen vom ersten Augenblick an nicht. Urieén machte es mit seiner spöttischen Bemerkung nicht besser. Der Feind jedoch lachte laut.

»So habe ich das noch nie gesehen. Aber ja, du hast recht! Mädchen für alles. Das hast du schön gesagt. Weylon, das ist Tynan. Ohne ihn wäre die Feste von Onialis jetzt in den Händen der Solas.«

»Tynan? Der dunkle Krieger?«

»Richtig! Ihr seid sehr sprachbegabt.«

»Ihr seht nicht aus wie einer aus dem Volk der Feal!«

»Wie nach Eurer Meinung dann?« Der Ton zwischen Weylon und meinem Menschen wurde mit jedem Satz schärfer.

»Fangt nicht bei der ersten Begegnung an zu streiten! Weylon, ich hoffe, du hast dafür gesorgt, dass wir etwas Anständiges zu Essen bekommen. Und für Tynan soll ein Zimmer gerichtet werden. Nein, nicht nur ein Zimmer, er soll einige Räume im Südflügel erhalten. Schließlich soll er bei uns bleiben und nicht nur ein Gast sein.«

»Im Südflügel?«

»Ja Weylon, im schönsten Teil unserer Festung. Und ich hoffe, dass ihr euch nicht gegenseitig im Schlaf erdolcht, wenn ihr so nah beieinander wohnt!«

»Ich würde niemals jemanden im Schlaf erdolchen. Ich bevorzuge den offenen Kampf!« Mein Mensch hatte sein Lächeln nicht verloren. Seite an Seite mit dem Feind schritt er die Eingangstreppe hinauf. Weylon blieb hinter ihnen.

Die Räume waren in der Tat prächtig. Drei Zimmer standen meinem Menschen zur Verfügung. Er konnte die Flügeltüren öffnen und sie zu einem einzigen Raum werden lassen, wenn er wollte. Auf einem weich gepolsterten Stuhl ließ er sich fallen und schloss die Augen. Sein Lächeln verschwand schlagartig, als der Diener, der uns hierher geführt hatte, ihn alleine ließ. Ich flatterte zu ihm hin, setzte mich auf die Lehne.

»Fiain, wenn ich dich nicht hätte ...« Er strich mir über das Gefieder.

Ein weiterer Diener klopfte kurz, betrat den Raum, ohne auf ein ‚Herein‘ zu warten.

»Der Herr erwartet Euch zum Abendessen!« Mein Mensch nickte ihm zu und stand auf. Der Diener führte ihn hinunter in die Halle. Ich flog ihnen uneingeladen hinterher.

»Er kommt hierher, Ihr wisst nicht, woher. Und Ihr vertraut ihm völlig. Verzeiht, Herr, aber ich bitte Euch, seid ein wenig vorsichtiger.«

»Vertraust du mir nicht, Weylon? Vertraust du meinem Urteil nicht?«

»Doch, Herr, aber ...«

»Dann schweig! Tynan ist ein tapferer Mann. Und er bleibt! Und ich möchte nicht ständig deine Klagen hören. Ah, da kommt er ja!« Urieén lächelte wieder, deutete eine Verbeugung an.

»Weylon ist nicht begeistert von deiner Anwesenheit.«

»Nun, vielleicht ist er eifersüchtig.« Das Lächeln meines Menschen war an Breite nicht zu überbieten. Und nur ich wusste, wie falsch es war. Der Feind durchschaute ihn nicht.

Für den Feind verlief das Abendessen äußerst vergnüglich. Auch Urieén lachte viel. Einzig Weylon starrte finster vor sich hin, was ihn noch mehr zum Opfer des Spottes machte.

»Ich hätte eine Bitte«, sprach Urieén, als das Essen sich zum Ende neigte. »Ich bin meine Freiheit gewohnt, liebe es, lange auszureiten. Ich würde gerne morgens schon früh die Festung verlassen.«

»Das darfst du! Ich werde Befehl geben, dass du aus- und eingehen darfst, wann immer du willst! Aber du musst zurückkommen.«

»Das werde ich! Warum sollte ich das Schlaraffenland hier aufgeben wollen?« Und wieder lachte der Feind.

Ich erwachte noch vor dem ersten Morgengrauen. Warum war mein Mensch schon so früh munter? Auf dem breiten Fenstersims saß er, die Knie an sich herangezogen, mit den Armen umschlungen. Eine Kerze stand vor ihm, verbreitete warmes Licht. Doch er hielt die Augen geschlossen. Sein Kopf lehnte am Fensterrahmen, seine Lippen bewegten sich. Ich spitzte die Ohren.

»Gelobt seist du, Daeide, Gott der Nevlyn, heute und alle Tage; gelobt für all die Segnungen, die du uns schenkst! Ich weihe dir zu dieser frühen Stunde diesen Tag und mein Leben. Ich weihe dir meine Hände, damit sie heilen, wo Heilung nötig ist und das Schwert ergreifen, wo es für Gerechtigkeit einstehen muss. Ich weihe dir meine Füße, damit sie nur die Wege gehen, die du mir bereitet hast. Ich weihe dir meine Lippen, damit sie reden ohne Falsch und stets ein gerechtes Urteil fällen, meine Augen, damit sie in allem, was ich sehe, dich erkennen. Durchdringe meine Gedanken und fülle sie mit deiner Weisheit. Mein Denken und Handeln sollen ganz auf dich ausgerichtet sein. Umschließe mich völlig, sei meine Rüstung, die mich vor meinen Feinden schützt und mein Mantel, der mir Geborgenheit und Wärme schenkt. Sei bei mir, heute und für den Rest meines Lebens!« Das Gebet der Könige der Nevlyn. Worte, so alt wie das Königreich selbst. Jeden Tag waren sie gesprochen worden. Zuletzt in einer Zeremonie in Daeides Heiligtum. Bis zu jener furchtbaren Nacht. Urieén hätte das Ritual fortführen müssen, aber er hatte sich geweigert, weiter an die Macht dieser Worte zu glauben. Nun erklangen sie wieder, in der Feste des Feindes der Nevlyn und aller freien Völker. Im Herzen des dunklen Reiches.

Urieén schien zu bemerken, dass ich ihn beobachtete. Er öffnete die Augen.

»Schau nicht so! Das heißt noch lange nichts. Aber schaden kann es auch nicht.« Dann sprang er auf und kleidete sich für unseren Morgenritt an.

Mein Mensch war anfangs sehr vorsichtig. Doch der Feind schien ihm wirklich zu vertrauen. Nach und nach wurde er zu seinem ständigen Begleiter auf seinen Reisen durch das Land, mochte Weylon ein noch so finsteres Gesicht machen.

»Tynan zeigt wenigstens Mut. Ich habe noch nie jemanden getroffen, der mir derart offen in die Augen sehen kann. Der nicht ständig vor mir buckelt.«

»Aber Ihr sagt doch selbst, dass Ihr ihn nicht völlig durchschauen könnt.«

»Vielleicht mag ich ihn gerade deshalb so sehr.«

»Und dann dieser Bussard, der hier ständig herumfliegt! Schaut, dort vorn sitzt er wieder. Manchmal denke ich, er belauscht uns.«

„Weylon, jetzt übertreibst du maßlos!“

Nach Monaten hatten unsere Freunde unseren Aufenthaltsort ausfindig gemacht. Verkleidet als Händler und Gaukler waren Spione durch das Land gezogen, nachdem sie nächtens über die Grenze geschlichen waren. Eines Morgens trafen wir bei unserem Ausritt auf Cathair, der sich bei unserem Anblick die Perücke und den langen Bart vom Kopf riss. Mein Mensch und sein Freund fielen sich in die Arme.

»Cathair, du hier?« Urieén konnte es kaum glauben.

»Ja, ich bin hier! Warum sollte ich mich verkriechen, während du dich in ein solches Abenteuer stürzt? Vater kam zurück nach Morgant und hat erzählt, was du vorhast. Da konnte ich nicht still zuhause sitzen. Ich bin froh, dass du lebst! Wir haben uns ständig Sorgen um dich gemacht.«

»Mir ist nichts passiert. Der Feind vertraut mir seltsamerweise.«

»Seltsamerweise? Was findet ein Spross der Königslinie der Nevlyn daran seltsam?« Cathair grinste.

»Hat Gildas dich angesteckt?« Urieén mochte inzwischen jeden Morgen das Gebet zu Daeide sprechen, doch er war weit davon entfernt, das zuzugeben. Cathair lachte nur noch mehr. Doch schnell wurde er wieder ernst.

»Wie geht es dir?«

»Gut ... wirklich gut. Die Mahlzeiten sind reichlich, ich kann kommen und gehen, wann immer ich möchte. Wenn wir nicht gerade von einer Festung zur anderen reisen, habe ich nicht viel zu tun. Ich reite oft lange aus und gehe auf die Jagd. Oder tue, was immer mir beliebt. Der Feind vertraut mir. Ich würde sogar so weit gehen und sagen, dass er mich nach und nach in sein Herz schließt.«

»Aber?«

»Wieso aber?«

»Da klingt ein ‚Aber‘ mit. Ich kenne dich gut genug, Urieén. Du kannst mir nichts verheimlichen.« Mein Mensch senkte den Blick.

»Diese Angst«, flüsterte er. »Ich kann noch nicht einmal erklären, warum ich sie empfinde. Es gibt keinen Grund, es gibt einfach keinen Grund.« Die beiden setzten sich ins Gras, lehnten sich gegen einen Baumstamm, schwiegen einige Augenblicke. »Wie geht es euch?«, begann mein Mensch schließlich erneut.

»Etain vermisst dich sehr. Wir alle vermissen dich, haben Angst um dich.«

»Das dürft ihr nicht! Sage es Etain, sie darf sich keine Sorgen machen, hörst du. Mir geht es gut, sage ihr das. Endlich kann ich das machen, wozu ich bestimmt bin. Dem Volk von Nevlyn dienen, indem ich gegen seinen Feind kämpfe.«

»Sagen kann ich es ihr. Aber Etain ist nicht dumm, das weißt du besser als ich.« Sie blieben noch einige Zeit beieinander sitzen, mein Mensch berichtete seinem Freund von all den Beobachtungen, die er in der Feste des Feindes gemacht hatte. Dann mussten sie Abschied nehmen.

Die Begegnung mit seinem Freund hatte meinem Menschen gut getan. Wie frische, klare Luft in seinen Lungen, auch wenn sich die Schlinge um seinen Hals langsam immer enger zog. Obwohl der Feind ihn wie einen Sohn behandelte. Oder vielleicht gerade deshalb?

Eines Tages berichtete er Urieén aufgeräumt, dass sie einen besonderen Gefangenen gemacht hätten.

»Er war ein Fürst der Cre der sich in den Wäldern versteckte und uns Widerstand leistete. Er ist es wert, dass er Huarwar geopfert wird. Und du darfst heute bei der Zeremonie dabei sein.« Mein Mensch schaffte es, Freude darüber zu heucheln. Doch er hoffte von ganzem Herzen, dass es niemand war, den er kannte. Menschenopfer! Er hatte davon gehört, ja. Aber selbst daran teilnehmen?

»Tynan, was ist mit dir?«

»Was soll sein?«

»Ich weiß es nicht! Du sagst, es wäre dir eine Ehre, aber ich kann nicht erkennen, ob du es ehrlich meinst. Du bist wieder völlig undurchsichtig.«

»Wenn ich es sage …? Ihr vertraut mir doch sonst, warum glaubt Ihr mir nicht?« Wieder einmal lächelte mein Mensch, doch ich spürte ganz deutlich, wie schwer es ihm fiel. Ich flog zu ihm hin und ließ mich auf seiner Schulter nieder. Urieén verzog das Gesicht. Auch wenn sein Hemd aus Leder war, so schmerzten meine Krallen doch. Aber das war mir egal. Wenn ich der Meinung war, er brauche Trost, dann konnte ich auf solche Kleinigkeiten keine Rücksicht nehmen.

»Dieser Vogel … Manchmal glaube ich, Weylon hat recht, wenn er behauptet, dass er jedes Wort versteht.« Das brachte meinen Menschen herzhaft zum Lachen.

»Nun ... er ist auf jeden Fall ein sehr kluges Tier.«

»Bei der Zeremonie könnt ihr euch hoffentlich trennen.«

»Ich kann nur versprechen, dass ich ihn in meinen Räumen lassen werde. Er findet aber immer wieder Wege, um von dort zu entkommen.«

Womit mein Mensch recht hatte. Ich konnte ihn nicht alleine lassen, wenn ihm etwas derart Schweres bevorstand. Lange stand er am offenen Fenster und überblickte die Feste. Den Hof, die unbeweglich stehenden Wachen.

»Daeide, sei mir gnädig, was auch immer heute geschieht! Steh mir bei, mehr denn je.« Dann wandte er sich ab. »Was tue ich hier eigentlich? Bete zu dem Guten Gott, obwohl ich nicht mehr an ihn glauben will?« Er war klug genug, das Fenster einen Spalt offenzulassen, als er kopfschüttelnd das Zimmer verließ.

Es war dieses Mal wirklich nicht einfach, meinem Menschen zu folgen. Der breite dunkle Turm war der Mittelpunkt der Feste. Drei Flügel des Haupthauses umgaben ihn. Ein schmaler Weg führte in den Turm hinein, in eine große Halle, in deren Mitte sich eine Wendeltreppe hoch hinauf schlängelte. Ein mit Fackeln ausgeleuchteter Gang führte spiralförmig tief unter den Turm in ein Gewölbe. Ich hatte das Gefühl, als würde ich in den Schoß der Erde hinabfliegen, aus dem es kein Entkommen gab. Aus schwarzem Gestein geschlagene Gänge, die Fackeln kamen nicht gegen die Dunkelheit an. Beißender, stickiger Rauch zog hindurch. Auch das Gewölbe musste von Menschenhand aus dem Stein gehauen worden sein. Oder war hier Zauberei am Werk gewesen? Dunkle Schatten tanzten an den Wänden. War das nur das Spiel des Lichts der Fackeln? Oder war da mehr?

In einer Mauernische weit oben in dem Gewölbe fand ich einen Unterschlupf, aus dem ich alles beobachten konnte. Den Gefangenen hatten sie zwischen zwei Pfählen festgebunden. Hinter ihm brannte ein riesiges Feuer in einem Kamin, der in das Gestein eingehauen war. Regungslos stand mein Mensch neben dem Feind. Das Feuer spiegelte sich auf seinem Gesicht. Ich spürte seine Anspannung bis hier oben. Doch der Feind schien davon nichts wahrzunehmen. Mit einem feinen Lächeln beobachtete er die Zeremonie. Auch wenn er immer wieder einen Blick auf meinen Menschen warf, der starr nach vorne blickte. Zwei Männer in dunklen Gewändern standen rechts und links des Gefangenen. Ich konnte sie untere ihren weiten Kapuzen nicht erkennen. Beide hielten sie silberne Messer. Der Feind nickte ihnen zu.

Stunden später, die Mitte der Nacht war längst vorüber, kehrte mein Mensch in seine Räume zurück. Ich war vorausgeflogen und saß mit unschuldigem Augenaufschlag auf meiner Stange. Urieén ließ sich auf den nächstbesten Stuhl fallen und schlug die Hände vor sein Gesicht. Ich flog zu ihm hin, zauste ihm die Haare.

»Fiain, weißt du, was er gesagt hat?« Ich wusste es. Hatte es genau gehört. ‚Ich hoffe, du hast gut aufgepasst, Tynan. Ich möchte, dass du eines Tages selbst die Zeremonie durchführst! Du hast diese Ehre verdient. Ich möchte, dass du den besonderen Segen Huarwars erhältst.'

»Ich werde das niemals können, Fiain, niemals! Er wird mich durchschauen, wenn er das von mir verlangt. Meine Gefühle, ich werde sie nicht unter Kontrolle haben.« Ich konnte nichts für ihn tun, nur bei ihm sein. Aber ich verstand ihn. Verstand, dass er nächtelang nicht schlafen konnte, weil ihm die grausamen Bilder vor Augen standen. Es fiel ihm selbst nicht auf, doch immer öfter nahm er Zuflucht zu Stoßgebeten.

Menschen sind erstaunliche Wesen. Sie sind stärker als sie manches Mal selbst denken. Meiner jedenfalls ist so. Er überstand seine Beteiligung an den Zeremonien. Was hätte er auch tun sollen? Feige fliehen? Einfach nach einem Morgenritt nicht mehr zurückkehren? Er spielte einige Male mit dem Gedanken. Doch dann würde der Prinz der Nevlyn sein eigenes Volk verraten. Denn sie wussten noch längst nicht genug.

Noch war die Macht des Feindes ungebrochen. Doch wenn Daeide genauso mächtig und gnädig war, wie Gildas immer behauptet hatte ... Er ließ sich in die dunkle Robe hüllen und spielte weiter seine Rolle, flehte dabei in seinem Herzen, dass Daeide ihm vergeben möge. Würde sich Huarwar irgendwann für den Frevel rächen? Würde er dem Feind die Augen öffnen? Er schüttelte den Gedanken ab. Für einen, der an keine Gottheit mehr glauben wollte, machte er sich in letzter Zeit viel zu viele Gedanken darüber.

Auch wenn Weylon ihn immer misstrauischer anschaute, der Feind weihte meinen Menschen schließlich in sein größtes Geheimnis ein. Hoch oben im Turm stand er, der Ursprung des geheimnisvollen grünen Lichts. Stolz leuchteten die Augen des Feindes, als er Urieén hinaufführte.

»Ein Smaragd, groß wie der Kopf eines Bären, in einem Becken, das mit dem Wasser des Meeres und der Berge gefüllt ist. Dazu noch die geheimen Formeln, um Huarwar zu beschwören und die Kräfte, die durch die Opferungen aus der Tiefe heraufsteigen. Ich kann das Licht jederzeit einsetzen, aber nachts ist es besonders wirksam. Heute Nacht wirst du sehen dürfen, welch mächtige Waffe dieses Licht ist. Du wirst verstehen, warum es mir wichtig ist, dass du meinen Gott anbetest. Du bist schon jetzt ein großer Kämpfer, aber mit der Macht, die er jenen verleiht, die zu ihm halten ... Ich habe noch viel mit dir vor, Tynan!«

»Ich kam mir in diesem Moment richtig schmutzig vor, Cathair.« Die beiden saßen am nächsten Morgen wieder zusammen an dem Baumstamm.

»Was ist los mit dir, Urieén? Wie kannst du nur einen Augenblick vergessen, was er Cahal angetan hat? Ich dachte, du hasst diesen Menschen wie nichts auf der Welt.«

»Das tue ich auch, Cathair! Ich habe Cahals grausamen Tod nicht vergessen. Ich habe die Bilder davon immer wieder vor Augen. Keine der Grausamkeiten des Feindes habe ich vergessen. Und auch meinen Hass nicht! Aber Cathair, er mag mich wirklich. Mir gegenüber ist er kein grausamer Herrscher. Ich hätte nie gedacht, dass dieser Mensch so fröhlich, so nett sein kann. Er möchte das Beste für mich, zumindest das, was er als das Beste erachtet. Er schenkt mir sein Vertrauen und ich hintergehe und verrate ihn.« Einige Augenblicke schwiegen sie.

»Und was willst du nun tun?«

»Weitermachen wie bisher, was sonst? Ich kann nicht einfach so nah am Ziel aufgeben.«

»Nah am Ziel?«

»Näher als jemals zuvor. Alles, was ich über das Licht erfahren habe, habe ich aufgeschrieben. Und schau, hier, die Zeichnung.« Urieén zeigte Cathair einen Lageplan der Burg. »Ich muss eine Möglichkeit finden, wie ich das Licht zerstören kann.« »Mache dir darüber keine Gedanken. Gildas hat sich mit anderen weisen Männern zusammengetan. Sie treffen sich regelmäßig. Sicher werden sie einen Weg finden, wenn ich ihnen deine Aufzeichnungen bringe.«

»Dann sollen sie schnell machen! Wer weiß, wie lange ich es dort noch aushalte?« Mein Mensch erhob sich. Cathair tat es ihm gleich. Noch einmal umarmten sie sich, dann ritten sie in unterschiedliche Richtungen davon.

Urieén schlief von Tag zu Tag schlechter. Hinzu kamen mehr und mehr die Alpträume. Geister erschienen ihm, quälten seine Gedanken. Am nächsten Morgen konnte er nicht sagen, was Wirklichkeit gewesen war und was er geträumt hatte. Oft stand er mitten in der Nacht auf, suchte Zuflucht in seinem Gebet zu Daeide. Seine morgendlichen Ausritte wurden oft kürzer, er nutzte die Zeit, um noch ein wenig dort zu schlafen, wo er ruhig schlafen konnte: außerhalb der Mauern der Festung. Aed graste in seiner Nähe, ich schwebte über ihm. Gemeinsam wachten wir.

A Ceathair

Er lag an ihrem Treffpunkt im Gras, hielt die Augen geschlossen. Ob Cathair heute kommen würde? Seit Wochen hatte er nichts von ihm gehört. Der Feind, ob er oder seine Handlanger ihn erwischt hatten? Aber mein Mensch wäre doch einer der ersten gewesen, der es erfahren hätte. Er mochte nicht darüber nachdenken. Cathair, sein Freund, sein Bruder. Wenn der Feind ihn, Urieén, zwingen würde, auch Cathair zu opfern? Es durfte nicht sein, es durfte einfach nicht sein! Wenn es Daeide gab, dann konnte er doch eine solche Ungerechtigkeit nicht zulassen. Er fiel in einen leichten Schlaf, wie so oft in jenen Tagen.

Eine Hand, die sanft über seine Stirn strich, über seine Wangen. Er schreckte hoch.

»Etain?« Schade, dass wir Bussarde nicht grinsen können. Ich hätte es sicher getan, beim Anblick meines Menschen. Dieser dümmliche Ausdruck auf seinem Gesicht. Es war doch offensichtlich, dass die einzige Frau, die meinen Menschen verdient, an seiner Seite saß. Nun, manchmal denke ich, Etain hätte sogar etwas Besseres verdient. »Bist du es wirklich?« Was für eine Frage? Selbst wenn sie es nicht gewesen wäre, sie hätte es ihm sicher nicht gesagt. Doch sie war es, kein Zweifel.

»Natürlich, Geliebter! Ich habe es ohne dich nicht mehr ausgehalten. Ich musste dich sehen.« Sie fielen sich in die Arme und hielten sich fest umklammert, so fest, wie ich sonst nur meine Beute umklammere. Kein passender Vergleich, ich weiß. Und trotzdem kam es dem sehr nahe. Sie schleckten sich ab, pardon, küssten sich und rollten eng umschlungen über die Wiese. Schließlich hielt mein Mensch inne, richtete sich ein wenig auf und sah Etain ernst an. Zärtlich strich er ihre Haare nach hinten.

»Etain, du darfst dich nicht in solche Gefahr begeben! Der Ritt in Feindesland ... ich will nicht, dass dir etwas geschieht.«

»Wir sind in Feindesland vorgestoßen, Urieén!« Cathair hatte sich ein wenig abseits gestellt, mein

Mensch hatte ihn nicht bemerkt. Fragend schaute der Prinz der Nevlyn zu ihm hin.

»Was soll das heißen?«

»Die Magier der Solas haben sich mit Gildas und einigen anderen Weisen beraten, nachdem ich deine Aufzeichnungen über das Licht in die Hauptstadt gebracht hatte. Einer erinnerte sich schließlich an Gänge und Hallen, die sein Volk einst in ein Gebirge gegraben hat. Ein längst aufgegebenes Bergwerk, keinen Tagesritt von hier entfernt. Die Weisen haben das Gestein untersucht und sind zu dem Schluss gekommen, dass das Licht des Feindes die Felsen nicht durchdringen kann. In den Hallen unter dem Gebirge sind wir sicher. Nach und nach wollen wir immer mehr Krieger dort versammeln. Gildas ist auch schon dort.«

»Aber warum Etain?«

»Nun ...« Sie lachte. »Wo Krieger sind, ist auch eine Heilerin vonnöten.«

»Etain, bringe dich nicht in Gefahr, ich bitte dich!« Seine Augen flehten sie an. Sie wurde mit einem Schlag wieder ernst.

»Ich möchte meinen Teil zu der Rettung unseres Volkes beitragen, genau wie du auch. Gerade du müsstest mich verstehen. Du hast nicht ein einziges Mal nach der Gefahr gefragt, in der du täglich schwebst. Und ich bin nicht alleine. Einige meiner Kameradinnen sind mitgekommen. Und sogar Liadain. Sie meinte, sie könne uns nicht alleine lassen.«

»Nun, wenn sogar Liadain hier ist ...« Er lächelte sie an, küsste sie zärtlich, wollte ihr die Freude nicht verderben. Auch wenn er immer noch nicht gut heißen konnte, was sie tat.

»Alibhe, Aed, kommt, hier sind wir überflüssig.« Cathair nahm die Pferde an den Zügeln und führte sie zum anderen Ende der Lichtung. Er hatte ja recht! Ich stieg in die Lüfte, ließ die beiden im Gehölz alleine. Wenn Etain bei ihm war, benötigte der Prinz der Nevlyn keinen Wächter an seiner Seite.

Wochen zogen ins Land. Urieén versuchte, mehr über das Licht herauszufinden, doch wann immer er den Feind darauf ansprach, lächelte dieser nur still vor sich hin.

»Du wirst es erfahren, Tynan. Wenn du es wissen musst, wirst du es erfahren. Noch ist es nicht soweit.«

Der Tag hatte schlecht angefangen, für den Prinzen der Nevlyn. Aed hatte ein Hufeisen verloren und Urieén kam viel zu spät zum Frühstück. Der Feind blickte ihm finster entgegen.

»Wo warst du so lange? Du hast hier viele Freiheiten! Überspanne den Bogen nicht.« Weylon blickte ebenfalls zu ihm hin und grinste.

»Es tut mir leid, es tut mir aufrichtig leid!« Urieén ließ sich in den Stuhl fallen. »Ihr könnt gerne in den Ställen nachfragen, Herr, mein Pferd hat ein Hufeisen verloren und begann zu lahmen.« Noch einmal warf der Feind meinem Menschen einen bösen Blick zu. Dann jedoch lächelte er wieder. Weylon stand auf und verließ das Speisezimmer.

»Ich kann dir einfach nicht böse sein, Tynan. Ich war nur so verärgert, weil ich es kaum erwarten kann, dir etwas mitzuteilen. Ich habe gute Nachrichten, sehr gute Nachrichten. Du wirst staunen.« Er beobachtete, wie Urieén seine Brotsuppe löffelte, lächelte dabei. Schließlich konnte er sich nicht mehr zurückhalten. »Wie alt bist du eigentlich, Tynan? Kannst du dich noch an das Königreich der Nevlyn erinnern?« Die Suppe blieb Urieén im Hals stecken. Er hustete, wurde rot. Wieder schaute der Feind misstrauisch.

»Entschuldigung ... verschluckt ...«, stammelte Urieén. »Nevlyn ... ja, davon habe ich gehört ... vor langer Zeit ... ich war noch ein halbes Kind.« Mein Prinz starrte die Suppe an. Der Feind nickte, schien in Erinnerung versunken.

»Nevlyn ... fast neun Jahre ist es her ... das Volk der Nevlyn war das auserwählte Volk Daeides. Doch durch die Macht meines Gottes wurde es vernichtet und zu meinem Volk gemacht. Das Königshaus wurde ausgelöscht, so dachte ich jedenfalls. Heute habe ich erfahren, dass ein Mitglied des Königshauses entkommen ist. Und noch lebt.«

Alle Farbe wich aus Urieéns Gesicht, er zitterte. Der Feind war zu sehr mit seiner Freude beschäftigt. Oder war es Daeides Gnade, die Urieén schützte und den Feind mit Blindheit schlug? Aber warum hatte er dann von Urieéns wahrer Herkunft erfahren? Warum? Warum saß er neben ihm, tat weiterhin so, als wäre er sein engster Vertrauter?

»Woher wisst Ihr das?« Meinem Mensch gelang nur ein Flüstern.

»Nun, ich habe meine Späher überall. Dieses Mädchen ist plötzlich in einem der Städte der Feal aufgetaucht.«

»Ein Mädchen?! Aber wie? Wer?« Urieén verstummte, schüttelte den Kopf. Und fürchtete, sich endgültig zu verraten. Ein Mädchen? Darina? Er hatte nur diese eine Schwester gehabt. Aber wie war das möglich? Wie hatte sie, die damals gerade einmal fünf Jahre alt war, entkommen können? Der Feind blieb immer noch ruhig und gut gelaunt.

»Ja, ein Mädchen. Sie ist über den Markt gelaufen, ein wenig unschlüssig, hilflos. Fremde werden immer schnell wahrgenommen, in einer kleinen Stadt. Und so bekam der Bürgermeister Kunde davon. Er nahm sie freundlich auf und erfuhr, dass ihre Imma, wer auch immer das war, vor kurzem plötzlich gestorben war und sie nun nicht wusste, wie es weitergehen solle. Ihre Erzählung war stark mit Worten aus der Sprache der Nevlyn durchzogen, schrieb mir der Bürgermeister. Ich habe nachgerechnet. Das Mädchen ist in dem Alter, in dem die Prinzessin jetzt sein müsste. Und so habe ich eine Phiole ihres Blutes von dem Bürgermeister gefordert. Nun, sie arbeitet in der Küche und hat sich einmal geschnitten. So kam er unauffällig an ihr Blut. Anhand dessen konnte ich genau erkennen, dass sie zu dieser verhassten Brut gehört, zu der Königslinie der Nevlyn.«

»Seid Ihr denn ganz sicher? Und warum hasst Ihr sie so? Wenn sie nur ein kleines Mädchen ist, dann kann sie Euch nicht gefährlich werden.« Darina! Sie hatte ihre Amme immer Imma genannt.

»Ja, ich bin ganz sicher. Sie ist die Einzige, die mir wirklich gefährlich werden kann, Tynan. Sie trägt die

Macht Daeides in sich. Und die Macht Daeides, das ist die einzige Macht, die sich mit der Huarwars messen kann. Sie könnte das Licht zu zerstören. Eine reine Jungfrau, und dann noch aus der Königslinie der Nevlyn. Der stärkste Mann könnte mir nicht gefährlicher werden. Außerdem kann sie zum Symbol werden, zum Symbol des Widerstandes.«

»Glaubt Ihr denn wirklich an all das? An die Macht Daeides? Glaubt Ihr, dass es ihn wirklich gibt?« Die Stimme meines Menschen war wieder leise geworden.

»Ja, Tynan, ich glaube genauso an ihn wie an meinen eigenen Gott. Er ist da, aber nachdem die Könige seines Volkes ausgelöscht wurden, ist seine Macht gebrochen. Sie wirkt nur noch in diesem Mädchen, das bald nicht mehr leben wird.«

Urieén schwieg, rührte mit seinem Löffel in der Morgensuppe herum. Diese Macht, die der Feind hatte, die Fähigkeiten ... es musste eine Gottheit hinter ihm stehen. Urieén zweifelte noch oft genug. Aber konnte er das noch, nach allem, was er täglich erlebte? Im Bösen wie im Guten? Dass er noch am Leben, noch nicht entdeckt worden war? Gab es ein deutlicheres

Zeichen dafür, dass es Daeide gab? Selbst der Feind glaubte daran. Und Darina – seine kleine Schwester Darina. Auch sie war noch am Leben. Aber wenn der Feind sie jetzt entdeckt hatte ... Urieén musste vieles riskieren, alles, um sie zu retten.

»Warum wollt Ihr Euch an einem kleinen Mädchen vergreifen? Wäre es nicht sinnvoller, sie hierherzubringen? Dann hättet Ihr sie immer unter Kontrolle. Und eine Sklavin mehr. Eine weibliche Sklavin.« Der Feind blickte ihn mehr amüsiert als misstrauisch an.

»Du findest Gefallen an kleinen Mädchen? Das ist eine neue Seite an dir! Aber ich sagte dir, dass sie mir gefährlich werden kann. Eine reine junge Frau aus der Linie der Könige der Nevlyn ... wenn sie einmal auch nur versehentlich an das Licht stoßen würde ...« Der Feind erhob sich. »Nun, ich habe noch einiges zu erledigen. Ich erwarte, dass du heute um Mitternacht im Turm sein wirst.«

»Ist es nicht gefährlich, das Licht auszusenden, wenn sie mitten in einer Stadt wohnt?«

»Sie wohnt nicht in der Stadt. Sie ist in der Waldhütte geblieben, in der sie bisher immer gelebt hat,

kommt nur zum Arbeiten in die Stadt.« Der Feind
verließ den Raum. Urieén blieb alleine zurück, presste
die Lippen aufeinander. Ich flog zu ihm hin, pickte
die Brotbrocken aus der Suppe.

»Eine Stadt der Feal. Eine Waldhütte. Was mache ich
nur, Fiain? Ich muss sie finden!« Zuerst einmal sollte
er etwas essen, er würde seine Kräfte brauchen. Aber
manchmal sehen diese Menschen das Naheliegendste
nicht.

Noch während Urieén grübelnd am Frühstückstisch
saß, klangen Hufschläge vom Hof herauf. Mein
Mensch trat verwundert ans Fenster. Der Feind verließ die Festung? Ohne ihn? Das tat er sonst nie. Ge-
dankenverloren nahm er ein Stück Brot aus dem
Korb, kaute daran, verließ das Speisezimmer. Er lenkte seine Schritte in Richtung der Räume des Feindes.
Die Mitteilungen des Bürgermeisters ... ob sie im Ar-
beitszimmer des Feindes waren? Wo Weylon sich

wohl aufhielt? Er hatte den Frühstückstisch kurz nach Urieéns Erscheinen verlassen, wortlos.

»Bitte Daeide, nicht um meinetwillen! Aber für Darina.« Die Kleine, der er nie groß Beachtung geschenkt hatte. Aber sie lebte. Seine kleine Schwester lebte. Es gab noch jemanden aus seiner Familie. Vorsichtig öffnete mein Mensch die Tür des Arbeitszimmers. Es war nicht verschlossen, der Raum leer. Urieén atmete auf. Er lehnte die Tür nur an, ging zum Schreibtisch des Feindes. Sein Herz klopfte, sein Schlag füllte seinen gesamten Brustraum aus. Er hatte sich nie Gedanken darüber gemacht, was eigentlich genau die Aufgaben Weylons waren. Was, wenn er plötzlich auftauchen würde?

Der Raum war mit dunklem Holz getäfelt. Die Fenster waren hoch, aber schmal, ließen nur ein schummriges Licht in das Zimmer.. An zwei Wänden reichten die Bücherregale bis zur Decke. Der Schreibtisch war ordentlich aufgeräumt. Feder, Tinte, einige leere Blätter. Urieén zog eine der Schubladen auf. Das

Siegel, Lack. Eine weitere Schublade. Endlich Briefe, stapelweise, ordentlich zusammengebunden. Urieén musste die Schnüre lösen, um an Hinweise zu kommen. Doch die Briefe, die Darina betrafen, waren nicht darunter. Seine Finger zitterten, als er sie wieder zusammenband, immer wieder wanderte sein Blick zur Tür. Er lauschte stetig. Das Haus schien verlassen zu sein, nichts rührte sich. Konnte das möglich sein? Huarwar, die dunkle Gottheit ... war sie nicht ebenso allgegenwärtig wie Daeide? Musste sie nicht sehen, was Urieén tat? Und würde der Feind es nicht genauso erfahren, wie er von Darina erfahren hatte? Etwas, das noch nicht einmal Urieén gewusst hatte. Darina ... seine kleine Schwester. Er musste einen Hinweis finden, er musste einfach. Nicht nur, weil der Feind behauptete, dass Darina die Einzige war, die seine Macht brechen konnte. Und warum sollte er lügen? Ein Knacken. Mein Mensch hielt die Luft an, starrte zur Tür. Nichts weiter rührte sich. Doch das Gefühl, dass er beobachtet wurde, blieb. Ich fühlte es ebenso. Langsam atmete er aus. Er musste weitersuchen. Für Darina.

Eine weitere Schublade, weitere Schriftstücke, kleine Zettel mit kurzen Notizen, wie man sie in die Kapseln am Bein von Brieftauben steckte. Urieén setzte sich. Grob blätterte er sie durch. Eine rasch hingezeichnete Skizze war darunter, zwei Punkte mit Namen. Konnten das Städte der Feal sein? Mein Mensch suchte weiter durch die Notizen. Er musste vorsichtig sein, durfte nicht zu viel verändern, damit der Feind nicht bemerkte, dass die Schubladen durchsucht worden waren. Er kannte die Sprache der Feal ein wenig, doch um die Briefchen, die er fand, lesen zu können, reichte es nicht. Lorcan, er musste zu Lorcan. Cathair hatte ihm einmal den Weg zu den Höhlen beschrieben. Lorcan war mit den anderen dort, auch das hatte Cathair erzählt. In wenigen Stunden konnte er dort sein, zumal mit Aed. Aber waren das die Auskünfte, die sie benötigten?

Die Tür bewegte sich. Mit einem Satz sprang mein Mensch hinter den Vorhang, presste sich gegen die Wand. Wer immer eintrat, musste sehen, dass die Schublade offenstand, der Stuhl umgefallen war. Er schloss die Augen. Selbst wenn er nicht entdeckt wurde …

Die Tür schwang auf und wieder zu, knarrte in den Angeln. Mit einem Schlag fiel sie ins Schloss. Es blieb still im Raum. In der ganzen Festung. Gespenstisch still. Urieén meinte, nur noch seinen Herzschlag zu hören. Er warf einen Blick hinaus aus dem Fenster. Die Wachen zogen ihre Runden auf der Festungsmauer. Diese Wachen mit ihren leblosen Augen. Vorsichtig beugte er sich ein wenig vor. Es war niemand im Zimmer. Zumindest niemand Sichtbares. Was, wenn … Rasch schob er den Gedanken beiseite. Er glaubte nicht an Geister! Die kleinen Briefchen in der Sprache der Feal suchte er zusammen, legte die anderen wieder sorgfältig in die Schublade. Je länger der Feind nicht bemerkte, dass sie fehlten, desto besser. Ob das alles war, was er an Hinweisen bekommen konnte? Was, wenn sie gar nicht Darina betrafen? Wenn er umsonst das Wagnis einging? Wenn er irgendetwas übersehen hatte?

»Daeide, stehe mir bei. Für Darinas Leben, nicht für mich.« Er hob den Stuhl wieder auf, rückte ihn gerade, blickte sich noch einmal um. Was, wenn der Feind irgendetwas Wichtiges zwischen einem Buchdeckel verborgen hatte? Urieén riss sich los. Es hatte keinen Sinn, er konnte nicht alles durchsuchen. Er musste auf sein Glück vertrauen und darauf, dass diese kleinen Botschaften das waren, was er gesucht hatte. Nun, und auf Daeides Gnade und Hilfe. Vorsichtig schlich er sich aus dem Raum.

Er kehrte in seine eigenen Räume zurück, stopfte die Botschaften in einen Beutel und hängte ihn sich um den Hals. Dann zog er sich Reitkleidung an. Ich hockte derweil auf meiner Stange und ließ mir eine Maus schmecken. Schließlich wollte ich gestärkt zu diesem Ausflug aufbrechen. Ich dachte mir nichts dabei, als mein Mensch die Fenster sorgfältig schloss. Er legte seinen Mantel um, nahm seine ledernen Handschuhe.

Ich richtete mich auf. Es ging los. Doch warum zog er seine Handschuhe nicht an, damit ich auf seine Hand springen konnte?

»Tut mir leid, mein Schöner. Dieses Mal kannst du nicht mitkommen, es ist zu gefährlich.« Wie bitte? »Ich werde den ganzen Tag und wohl auch die halbe Nacht unterwegs sein.« Er seufzte, strich mir über den Kopf. »Wer weiß, ob ich überhaupt wiederkommen werde.« Das war doch hoffentlich nicht sein Ernst? Er wollte mich hier alleine zurücklassen? Und tat so, als wenn er es gut mit mir meinen würde?! Ich hackte so fest in seine Hand, dass sie blutete. Und was machte dieser Mensch? Er lachte, strich mir noch einmal über die Federn. »Es tut mir wirklich leid. Das nächste Mal wieder, ja?« Er wandte sich um und verließ den Raum, schloss die Türe hinter sich. Einen Moment wartete ich noch, dann flog ich zum Fenster und machte mich mit Krallen und Schnabel am Riegel zu schaffen. Ich hörte die Hufe Aeds auf das Pflaster schlagen. Warum nur ging dieser Mäusekot von einem Riegel nicht auf? So eine Rattenpisse! Endlich hatte ich es geschafft. Urieén ritt in dem Moment mit wehenden Haaren über die Brücke, in dem ich mich in die Lüfte erhob.

Unauffällig flog ich über den Baumwipfeln, immer darauf bedacht, meinen Menschen nicht auf mich aufmerksam zu machen. Ich muss zugeben, stundenlanges Fliegen war ich nicht gewohnt und es strengte mich an. Da war es doch bequemer, auf der Faust meines Menschen zu sitzen und mich tragen zu lassen. Doch ich würde nicht umkehren und es mir bequem machen. Nein! Ich konnte meinen Menschen nicht alleine lassen. Noch ehe der Prinz der Nevlyn die Höhlen erreichte, konnte ich die Lichtung davor erblicken.

Es war ein sonniger Herbsttag. Ich setzte mich auf einen Ast und beobachtete die Lichtung. Gildas hatte sich auf einen Stein vor der Höhle in die Sonne gesetzt, Liadain und Etain saßen bei ihm, Cathair und einige andere lagen im Gras und lauschten Gildas' Erzählungen. Nur Murthag stand mit grimmigem Gesicht neben dem Eingang der Höhle, die Sinne angespannt. Wenn der Feind angreifen würde ... sie durften ihre Wachsamkeit keinen Augenblick aufgeben. Murthag war einst Stammesführer der Cre gewesen. Dann hatte der Feind das Land angegriffen. Die Cre hatten erbitterten Widerstand geleistet, aber schließlich mussten auch sie sich geschlagen geben. Murthag war ein Mann mittleren Alters, schweigsam, oftmals mürrisch, in sich gekehrt. Aber ein hervorragender Kämpfer und treuer Kamerad. Mochten die anderen die Ruhe genießen, er traute nichts und niemandem mehr. Als mein Mensch auf Aed herangaloppiert kam, wurde er von Murthag und dessen gezogenem Schwert empfangen.

»Halt!«

»Lass Murthag!« Cathair und die anderen waren aufgesprungen. »Urieén, was machst du denn hier?«

»Ich muss Lorcan sprechen, umgehend. Und ja, Gildas, auch dich!« Mein Mensch nahm sich keine Zeit für eine Begrüßung. Er warf Etain lediglich einen entschuldigenden Blick zu. Er sah nicht, dass ihr eine Träne über die Wange lief. Ich aber sehr wohl. Sie senkte den Kopf und verschwand in der Höhle.

Wenig später kam Lorcan, Prinz der Feal, heraus. Warum flüstern Menschen immer so, wenn sie etwas Wichtiges zu besprechen haben? Nun, zumindest manchmal. Lorcan, Gildas, Cathair, Murthag und mein Mensch steckten die Köpfe zusammen. Ich konnte aber nicht näher an sie heran. Zwischendurch verschwand Lorcan in der Höhle, kam mit Papier, Tinte und Feder zurück.

»Und du glaubst, es ist zu schaffen?«, sprach mein Mensch schließlich. Er sah Lorcan dabei ernst an. Der nickte.

»Du bist ein hervorragender Reiter und Aed gilt als das schnellste Pferd der freien Welt. Und Alibhe und Cathair stehen euch in nichts nach. Wenn es jemand schaffen kann, dann ihr beide. Ich wäre gerne mit euch gekommen und hätte euch den Weg gewiesen. Aber zum einen würde ich euch nur aufhalten, zum anderen möchte ich Cadman nicht alleine lassen.«

»Das verstehe ich!« Mein Mensch erhob sich. »Nun denn, Cathair, sieh zu, dass du dein Pferd gesattelt bekommst!« Während er wartete, hätte er Gelegenheit gehabt, nach Etain zu sehen. Aber was machte mein

Mensch? Er unterhielt sich mit Gildas. Und dann auch wieder so leise, dass ich es nicht verstehen konnte. Menschen!

Nur wenige Minuten später führte Cathair sein Pferd aus einer der Höhlen. Sie ritten los. Ich folgte ihnen, stets darauf bedacht, dass mein Mensch mich nicht zu oft zu sehen bekam und nicht misstrauisch wurde, weil ein Bussard sie begleitete.

A Cúig

Je näher wir der Waldhütte kamen, desto deutlicher spürte ich ihre Gegenwart. Eine Wächterin in der Hütte! Sie bemerkte mich ebenfalls. Ich konnte Verbindung mit ihr aufnehmen. Eine Katze! Sie erwachte, lauschte, fühlte die Gefahr, die auf sie und ihre Schutzbefohlene zu kroch.

»Halt, bleib zurück!« Die Stimme meines Menschen riss mich aus meinen Gedanken an diese Katze. Er und Cathair hatten ihre Pferde auf einer Lichtung zurückgelassen, folgten einem schmalen Pfad zu der Hütte hin. Er war schwer zu erkennen, in dieser sternenlosen Dunkelheit. Urieén packte Cathair an der Schulter, stieß ihn hinter einen Baum, ging selbst in Deckung.

»Das kann doch nicht sein! Warum ist es schon da?« Cathair starrte zu der Hütte hin. Ein kaltes grünes Licht bahnte sich seinen Weg über den Waldboden, hatte sie fast erreicht.

»Ich hätte schneller bei euch sein müssen.«

»Du kannst nichts dafür, du bist so schnell wie möglich gekommen, nachdem du es erfahren hast.« Cathair legte seinem Freund eine Hand auf die Schulter. Immer weiter kroch das Licht auf die Hütte zu.

»Wir müssen sie da herausbekommen!« Urieén riss sich los.

»Es ist zu spät! Wir können sie nicht mehr retten. Er ist fast am Haus, bis wir dort sind, hat er sie. Wir würden uns für nichts opfern.« Beide waren in diesem Moment in ihren Gedanken bei Cahal.

»Ich werde durch den Strahl reiten, das wird ihn verwirren und für einen Moment ablenken. Wenn ich am Strahl entlang reite, durch ihn hindurch, immer wieder, wird er genug verwirrt werden. In der Zeit kannst du sie holen.«

»Urieén, das ist Selbstmord.«

»Ich muss es wagen. Oder weißt du eine bessere Lösung?«

»Urieén ... nein, ich weiß keine ... aber du darfst nicht nur an dich denken! Du bist zu wertvoll. Wenn der

Feind dich erkennt? Wenn deine Tarnung durchschaut wird?! Oder noch schlimmer, wenn du durch den Strahl getötet wirst? Du darfst nicht so eigensüchtig sein und nur an dich und deine Schwester denken!«

»Cathair, wer reitet das schnellste Pferd des Südens? Er wird mich nicht töten. Er wird mich auch nicht erkennen können, wird mich kaum bemerken. Hast Du vergessen, was mit Cahal geschah? Sein Pferd hat ihn abgeworfen, das wurde ihm zum Verhängnis. Das Tier konnte sich retten.«

»Wie soll ich das jemals vergessen Urieén? Gerade deshalb will ich nicht auch noch dich verlieren.«

»Ich werde mich im Sattel halten, Cathair, vertraue mir. Und es geht nicht nur um mich. Sie ist die Einzige, die das Licht zerstören kann, vergiss das nicht.« Er wandte sich um, eilte zurück zu Aed. »Bringe sie in die Höhlen, dort sehen wir uns wieder. Wahrscheinlich bin ich noch vor euch da.« Urieén schwang sich in den Sattel, trieb seinen Rappen zum Galopp. Aed scheute vor dem Licht, stieg, wieherte, wollte fliehen. Doch mit harter Hand und eisernem Willen trieb

Urieén ihn weiter. Grünes Licht flackerte, fiel einen Wimpernschlag lang auf den Prinzen der Nevlyn. Der klammerte sich an Aed fest. Und der Hengst war stark.

»Meeauu« Darina erwachte von der rauen Zunge, die ihr immer wieder übers Gesicht leckte, der Pfote, die sanft aber bestimmt nach ihr schlug.

»Was ist los, Katze? Ist schon Morgen? Hast du Hunger? Fange Mäuse!«

»Meeau!« Verschlafen rieb Darina sich über die Augen. Seltsames hatte sie geträumt, von einem riesigen schwarzen Hengst. War da nicht wirklich ein Wiehern zu hören, direkt vor ihrer Hütte? Katze stieß sie immer wieder an. Und da sah Darina es. Dieses kalte, grüne Licht, das sich vom Fenster her im Raum ausbreite und immer weiter kroch wie eine Herde Ameisen. Jäh hielt es inne, zog sich gar ein wenig zurück. Wieder ein Wiehern, dieses Mal klar und deutlich.*

»Meau!« Katze eilte zur Tür. Und auch Darina spürte es. Von diesem Licht ging Gefahr aus, tödliche Gefahr! Vorsichtig folgte sie ihrer Katze. Nur nicht die Aufmerksamkeit des Lichtes erregen. Denn sie spürte, dass es lebendig war, so seltsam das klang. Darina hatte noch nicht richtig die Tür geöffnet, schon stürmte Katze hinaus. Darina folgte ihr. Unvermittelt packten sie starke Arme, hielten sie, eine Hand legte sich auf ihren Mund. Er war von hinten an sie herangeschlichen, dieser Feigling! Hatte er Angst vor einem Mädchen? Katze saß ein wenig vor ihr, leckte sich die Pfote. Warum hatte sie sie nicht vor diesem Fremden gewarnt? Darina strampelte, versuchte, nach ihm zu treten. Dabei ärgerte sie sich am meisten über sich selbst. Wie hatte er nur an sie herankommen können, ohne dass sie ihn wahr-genommen hatte? Sie spürte seinen Atem an ihrem Ohr, ein leichter, warmer Hauch.

»Nicht schreien, Darina! Du darfst vor allem nicht schreien, wenn ich dich jetzt loslasse. Und ich hoffe, dass du nicht in dein Unglück rennst!« Ins Unglück rennen? Woher wollte der Fremde wissen, was ihr Unglück war? Woher kannte er ihren Namen? Wer war er? »Ich bin einer von den Guten, vertraue mir!«

Hatte er ihre Gedanken gelesen? Darina wurde ruhiger, gab ihren Widerstand auf. Er lockerte seinen Griff, ließ sie los. Rasch wandte sich Darina zu ihm um. Der Fremde war in einen Mantel gehüllt, hatte die Kapuze über den Kopf gezogen. Nur seine Augen sah sie. Sie leuchteten, als würden sie das Sternenlicht widerspiegeln. Doch in dieser Nacht gab es keine Sterne, nur dieses kalte Licht. Darina fröstelte.

»Du frierst! Komm mit, ich habe einen Mantel für dich!« Sie eilten den Weg entlang, zu der Lichtung in der Nähe.

»Wer seid Ihr?«

»Es ist keine Zeit für Erklärungen. Wir müssen verschwinden. Urieéns Tat soll nicht umsonst gewesen sein.«

»Wer ist Urieén?« Der Fremde antwortete nicht, band sein Pferd los und reichte Darina einen Mantel. Dann beugte er sich zu Katze hinunter, redete einige Worte mit ihr, barg sie in einer weiten Tasche seines Mantels. Er schwang sich auf sein Pferd, streckte den Arm aus, um Darina hochzuhelfen. Die starrte nur auf Katze und wunderte sich, warum das Tier ein solches Vertrauen zu diesem Mann hatte.

»Darina! Träume nicht herum, beeile dich endlich! Wir sind noch immer in Gefahr. Er wird den ganzen Wald durchsuchen, mit seinem Licht. Und wenn du wüsstest, was Urieén für dich auf sich genommen hat ...« Die letzten Worte sprach er mehr zu sich selbst. Die Sorge war deutlich zu hören. Darina warf sich den Mantel um und nahm endlich Cathairs Hand, der sie zu sich auf das Pferd zog.

Die vier waren unterwegs, das war geschafft. Also die beiden Menschen, Alibhe und Katze. Ich konnte auf direktem Weg zu den Hallen fliegen. Urieén würde bei meiner Ankunft sicher schon dort sein. Ich zweifelte nicht daran, auch wenn ich ihn alleine gelassen hatte. Dort angekommen lauschte ich auf seine Stimme. Sie kam aus den Räumen der Heilerinnen. Vorsichtig flog ich durch die Gänge, ich wollte nicht entdeckt werden. Plötzlich schrie mein Mensch, fluchte. Er war doch hoffentlich nicht verletzt worden?!

»Benimm dich gefälligst!« Ich fand Platz in einer Nische, konnte beobachten, wie Liadain mit getränkten Kräutern über eine Wunde wischte, die sich quer über seine rechte Wange zog. »Ich weiß, dass es brennt, aber das ist noch lange kein Grund, solche Worte in den Mund zu nehmen. Ihr Männer seid seltsame Geschöpfe. Da träumt ihr von großen Heldentaten, könnt aber noch nicht einmal ein bisschen Oinium ertragen.« Etain reichte ihr einen Tiegel. »So, damit du nicht mehr weinen musst. Diese Paste stillt den Blutfluss und fördert die Heilung. Mehr kann ich im Moment nicht für dich tun.« Sie rieb vorsichtig die Paste auf die Wunde. »Etain, er muss sich schonen, er soll noch eine Weile ruhig sitzen bleiben. Du sorgst mir dafür! Ich muss noch nach dem jungen Cadman schauen.« Mit ein paar Töpfen in der Hand verließ sie den Raum. Ungeachtet der Warnung setzte sich Etain auf seinen Schoß, strich zärtlich eine Strähne seiner langen dunklen Haare zur Seite, ihre Lippen strichen über die Wunde.

»Ich frage nicht, woher die Verletzung kommt. Ich will es gar nicht wissen.«

»Es war ein Ast, der mir ins Gesicht geschlagen ist, mehr nicht! Mache dir keine Sorgen, Geliebte.«

»Aber warum bist du überhaupt hier? Nicht, dass ich mich nicht freuen würde, aber wieso? Sagst du nicht immer, dass du nicht hierherkommen darfst? Dass es zu gefährlich ist?«

»Etain, hat Gildas es dir noch nicht erzählt? Wir haben vermutlich meine Schwester gefunden. Sie konnte damals wohl ebenfalls fliehen. Der Feind hat sie aufgespürt. Und sie war in Lebensgefahr. Wir mussten sie aus der Hütte holen, es war höchste Zeit. Der Feind war kurz davor, sie zu erreichen.«

»Und warum musstest du dabei sein? Warum, Urieén? Du setzt dein Leben täglich aufs Spiel, warum sollen nicht einmal die anderen ... was ist, wenn er erfährt, wer du wirklich bist? Wenn er herausbekommt, dass du es warst, der das Mädchen gerettet hat? Warum immer du?«

»Pst, meine Königin! Ich möchte nicht, dass du meinetwegen weinst.« Eng zog er sie an sich und küsste sie.

»Gildas schickt mich. Ich soll Euch sagen, dass sie hier sind, Herr!« Ein Krieger erschien in der Türe.

»So, hat es dieser Solas endlich hierher geschafft?« Urieén schob Etain von sich und stand auf.

»Kommst du noch einmal vorbei, ehe du zurückreitest?«

»Ich kann es dir nicht versprechen.«

»Urieén, wir haben uns fast drei Monde nicht gesehen.«

»Ich weiß, ich vermisse dich auch.« Er gab ihr einen Kuss auf die Nasenspitze, dann verließ er mit dem Krieger den Raum. Etain blieb regungslos stehen. Das Wichtigste hatte sie ihm nicht sagen können.

Fast wäre ich von meinem Menschen entdeckt worden. In den engen Gängen war die Flucht vor ihm fast unmöglich. Ich schaffte es gerade noch, eine Nische in der großen Halle zu finden. Von dort konnte ich lauschen und beobachten, was in dem kleinen Nebenraum geschah. Gildas hatte darin Platz genommen, Cathair und Darina standen vor ihm, Lorcan und Murthag im Hintergrund. Katze lag vor dem Kamin, als hätte sie schon immer hier gelebt. Mein Mensch durchschritt die Halle, trat leise in den Nebenraum, blieb nahe am Eingang stehen.

»Ich bin von Herzen froh, dass ihr hier seid.«, sprach Gildas gerade. »Wir waren in Sorge.«

»Wir wären auch fast zu spät gekommen«, erklärte Cathair. Gildas nickte bedächtig. Er wandte sich lächelnd an Darina.

»Und nun ist sie also unter uns, die kleine Darina.«

»Ja, und sie hat viele Fragen!« Cathair lachte.

»So? Das ist gut! Nur wer fragt, kommt weiter. Was hast du für Fragen?« Einen Moment lang schien Darina nicht zu wissen, was sie sagen sollte. Dann sprudelte es aus ihr heraus.

»Warum bin ich hier? Was war das für ein Licht? Und was hätte es mir antun können? Warum habt ihr mich gerettet? Was ist an mir schon besonders?« Tränen drängten sich in ihre Augen. Ärgerlich wischte sie sie weg. Gildas lächelte sie unverwandt an.

»Hast du schon einmal etwas von dem Land und dem Volk der Nevlyn gehört?«

»Ja … Imma hat oft davon gesprochen. Sie sagte, es sei unsere wahre Heimat.« Gildas nickte, stand auf, trat zu einer Anrichte an der Seite und holte zwei Schalen, eine Flasche und verschiedene Kräuter daraus hervor. Er mischte die Flüssigkeit mit den Kräutern und verteilte sie in die beiden Gefäße.

»Urieén!« sprach Gildas. Mein Mensch trat einige Schritte vor, stellte sich neben Darina. Sie schaute zu ihm auf, den Mund halb geöffnet, als ob sie etwas sagen wollte. Doch ihr fehlten die Worte. Urieén blickte sie ernst an, angespannt. Er zog seinen Dolch aus dem Gürtel und ritzte sich in den Finger. Einige Tropfen seines Blutes fielen in eine der Schalen. Schweigend reichte er ihr den Dolch. Kurz sah sie ihn an, dann tat sie es ihm nach, ließ ihr Blut in die andere Schale fließen.

»An den Kristallen, die sich bilden kann man erkennen, ob das gleiche Blut durch eure Adern fließt«, erklärte Gildas.

»Gleiches Blut?« Verständnislos sah Darina von Gildas zu Urieén.

»Ich bin Urieén, Prinz der Nevlyn.«, begann er zu erzählen. »Und wir vermuten, dass du meine kleine Schwester bist. Unsere Heimat wurde überfallen und wir mussten fliehen ... aber das kann dir alles Gildas erklären. Versprichst du mir, dass du fleißig alles lernen wirst, was er dir sagt? Es ist sehr wichtig! Ich werde dich leider verlassen müssen.«

»Kleine Schwester? Ich habe einen großen Bruder? Und wenn ihr ein Prinz seid, bin ich dann eine Prinzessin?« Ihre Augen wurden mit jeder Frage größer. Sie nickte schließlich. »Ja, das verspreche ich dir gerne. Ich will lernen! Ich will alles wissen!«

Fast gleichzeitig wandten sie sich wieder den Schalen zu. Ich reckte den Hals ein wenig, wollte wissen, was darin zu sehen war. Die Kristalle unterschieden sich nicht im Geringsten. Urieén hatte keinen Zweifel gehabt. Er zog Darina in seine Arme, hielt sie fest.

»Darina! Wenigstens du bist mir geblieben. Vielleicht gibt es Daeide doch. Ich kann ihm nicht genug dafür danken, dass ich dich wiederhabe.« Darina ließ ihren Tränen freien Lauf.

Gildas unterbrach die beiden schließlich. »Darina sollte schlafen, es ist sehr spät!« Urieén nickte, ließ sie los.

»Seid Ihr ein Magier?« Darina wandte sich noch einmal mit an Gildas.

»Ja, mein Kind. Doch das ist nichts Besonderes. Man muss nur wissen, wie zwei Dinge zusammenwirken, schon kann man in den Augen anderer Wunder vollbringen. Deshalb, halte die Augen weiter offen. Und frage.«

»Komm, ich bringe dich noch in die Halle der Heilerinnen. Dort bist du am besten untergebracht.« Mein Mensch hatte seinen Arm um Darinas Schulter gelegt und führte sie hinaus. Schnell verzog ich mich tiefer in meine Nische.

Wenig später kehrte er zurück, ließ sich auf einen Stuhl fallen, nach vorne gebeugt, die Ellbogen auf den Knien, die Hände vor das Gesicht geschlagen. Cathair legte seinen Arm auf die Schultern seines Freundes.

»Bleibe heute Nacht hier, du musst dich ausruhen.«

»Du weißt, dass ich das nicht kann.« Urieén richtete sich auf, lehnte sich zurück, schaute sich zum ersten Mal richtig in dem Raum um. Die engsten Vertrauten im Kampf gegen den Feind. Lorcan, der Prinz der Feal, war noch keine zwanzig Jahre alt. Murthag, der alles verloren hatte, Gildas, Cathair schließlich, sein bester Freund.

»Ich lasse sie in eurer Obhut zurück. Bringt ihr alles bei, was sie wissen muss. Denn wenn ich ...« Wieder ließ Urieén den Kopf in die Hände sinken.

»Urieén?«

»Es ist nichts, ich weiß nur nicht, ob ich sie je wiedersehen werde. Ich ... ich möchte nicht darüber reden!

Hütet sie wie den größten Schatz der Welt. Wenn mir etwas zustoßen sollte, ist sie die Einzige …« Er stand entschlossen auf. »Ich muss gehen!« Mit einem Nicken verabschiedete er sich, schritt durch die Halle und verschwand im Gang. Cathair sah ihm besorgt nach.

»Gildas, was meint er damit? Wir dürfen doch nicht zulassen, dass er sich selbst opfert. Wenn er wirklich in Gefahr ist, in Todesgefahr …«

»Er opfert sich, seit wir den Überfall vorgetäuscht haben. Er war immer in Gefahr. Urieén weiß, was er tut, vertraue ihm. Auch wenn ich fürchte, dass ihn eine böse Vorahnung umtreibt.« Einige Momente starrte Gildas auf den Höhlengang, in dem Urieén verschwunden war.

»Möge der Gute Gott mit dir sein, stärker und enger als jemals zuvor.« Dann wandte er sich den anderen zu. »Wir sollten uns zur Ruhe begeben.«

»Ich möchte noch nach Cadman schauen, dann komme ich nach.« Lorcan stand auf.

»Wie geht es deinem Bruder?« Auch Cathair erhob sich.

»Von Tag zu Tag besser.«

»Nun, dafür, dass er ein solch großes Wagnis auf sich genommen hat, ist er mit einer Pfeilwunde gut weggekommen.«

»Ja, das ist er.« Lorcan lächelte. »Cadman hat mich immer bewundert, es war eine Frage der Zeit, dass er von zuhause fliehen und mich suchen würde.« Sie verließen die Halle, Lorcan wandte sich zu den Räumen, in denen die Kranken untergebracht waren. Einen letzten Blick warf ich zu Katze. Sie blinzelte mit den Augen. ‚Ich passe auf sie auf. Sorge du für deinen Menschen‘ wollte sie mir zu verstehen geben. Ich legte meinen Kopf ein wenig schief und blinzelte zurück. Dann flog ich durch die nun leere Halle nach draußen.

Aed jagte mit seinem Reiter durch die Nacht, ein Schatten, schwärzer als die Dunkelheit. Die Tore der Feste öffneten sich für Tynan, den dunklen Krieger, den engsten Vertrauten des Feindes. Die Wachen stellten keine Fragen. Das taten sie nie. Urieén blieb vorsichtig, als er von den Ställen in seine Räume ging. Bis er dort angelangt war, saß ich längst wieder auf meiner Stange, den Riegel des Fensters hatte ich geschlossen, eine mühsame Angelegenheit mit meinem Schnabel. Er sollte eine Lektion lernen. Nie wieder sollte er mich bei einer solch wichtigen Mission alleine lassen. Flügel schlugen ihm entgegen, als er die Tür öffnete.

»Ruhig, mein Schöner!« Urieén ließ mich auf seinen Lederhandschuh springen. »Mache nicht so einen Lärm, sonst muss ich morgen behaupten, dass meine Wunde von dir kommt.« Ich kreischte noch einmal, schlug mit den Flügeln, dann aber ließ ich mir von Urieén das Gefieder kraulen. »Es tut mir leid, ich konnte dich wirklich nicht mitnehmen, mein Schöner.« Heuchler! Er ließ mich von seiner Hand auf meine Stange springen. »Ich muss jetzt schlafen. Aber morgen werden wir sehr früh ausreiten, versprochen!« Mein Mensch zog seine Stiefel aus, legte sich mit seinen staubigen Kleidern auf seidene Kissen.

Urieén erwachte nach viel zu kurzer Ruhe, fühlte sich noch genauso erschöpft wie zuvor. Er zündete eine Kerze an, setzte sich auf das Fensterbrett. Längst sprach er nicht mehr nur die Worte des Gebets der Könige von Nevlyn. Er flehte Daeide mit seinem ganzen Herzen um Schutz und Weisheit an.

A Se

Der Feind bemerkte die Wunde auf der Wange und die Müdigkeit meines Menschen sofort.

»Wo warst du?!«

»Ich komme von meinem Ausritt, wie jeden Morgen, warum?«

»Ich rede nicht von eben! Wo warst du heute Nacht? Ich hatte dir befohlen, anwesend zu sein. Du bist gestern noch vor dem Mittagsmahl davongeritten und erst spät in der Nacht zurückgekehrt. Lange nach Mitternacht! Woher stammt die Wunde auf deiner Wange?!«

»Tut mir leid. Ich bin lange ausgeritten, mal hierhin, mal dorthin. Ich habe die Zeit vergessen und als es dunkel wurde, den falschen Weg gewählt. Dabei ist mir ein Ast gegen die Wange geschlagen, weiter nichts.« Urieén fand sich selbst nicht glaubwürdig. Der Feind starrte ihn durchdringend an.

»Ich kann dir nicht beweisen, dass du etwas mit der Sache zu tun hast. Aber ich werde dich im Auge behalten! Sei vorsichtig, ich rate es dir! Glaube nicht, dass du mich täuschen kannst! Du weißt, wie mächtig Huarwar ist. Und ich denke auch, dass du weißt, was dich erwartet, wenn ich erfahren sollte, dass du mich hintergehst!« Er lehnte sich zurück, nahm noch einen Schluck aus seinem Krug mit Morgenbier. »Wie auch immer, Strafe muss sein! Du wirst die Festung nicht mehr verlassen!«

»Was?!« Urieén ließ das Messer fallen, jegliche Farbe wich aus seinem sowieso schon blassen Gesicht.

»Du hast mich richtig verstanden! Deine Freiheit hast du verspielt. Ich vertraue dir nicht mehr, mein Lieber!«

»Aber ...« Urieén suchte nach einem Ausweg, nach einer Möglichkeit. »Mein Pferd ... es braucht Bewegung ...« Der Feind lachte nur.

Urieén litt. Nicht nur, weil er sich Sorgen um seine Freunde machte. Nicht aus diesen düsteren Mauern zu können, das bedrückte nicht nur ihn. Ich hätte davonfliegen können, doch ich wollte ihn nicht alleine lassen. Stundenlang wanderte er in der Festung umher, auf den Wällen. Die Wachen beäugten ihn aus ihren starren Augen. Er bemerkte es nicht einmal, er blickte hinaus auf das Meer oder über die Schlucht auf das Festland. Dort war er täglich geritten, dort hinüber, zu dem Wald, zu seinen Freunden. Zu Etain. Sie hatten viel zu wenig Zeit miteinander verbringen dürfen. Aed konnte er nur noch auf dem Hof auf und ab führen. Sollte so sein restliches Leben aussehen? Was hatte der Feind noch mit ihm vor?

Es waren einige Wochen vergangen, als ich von einer wichtigen Mission zurückkehrte. Urieén fuhr aus dem Schlaf hoch, seine Hand griff nach seinem Ohr. Endlich war er wach! Lange genug hatte ich mit meinem

Schnabel an seinem Ohr ziehen müssen. Die Hand meines Menschen war blutig, als er sie zurückzog. Nun, vielleicht hatte ich ein wenig zu fest zugepackt.

»Fiain, was fällt dir ein?! Warst du das?« Menschen sind oft so kurzsichtig und undankbar. Ich ließ mich auf dem Tisch nieder, schaute ihn erwartungsvoll an. Urieén wollte sein warmes Bett nicht verlassen, er drehte sich um und wollte weiterschlafen. Doch er wusste, wozu ich noch fähig war. Als ich wieder zu ihm flog, schälte er sich aus seinen Decken. An der Glut im Kamin zündete er eine Fackel an, schloss das Fenster, wandte sich dem Tisch zu. Eine Taube lag darauf. Ihr Bauch und ihre Füße waren blutig, doch sie lebte. Nun musste er doch einsehen, dass ich Lob verdient hatte!

»Fiain, was soll das? Du sollst dich nicht an den Tieren im Hof vergreifen. Wenn du jagen willst, dann fange irgendwo Mäuse. Wieso bist du eigentlich mitten in der Nacht unterwegs?« Er wandte sich um, wollte wieder unter seine warme Decke, stieß die Fackel in den Eimer mit Sand, die Augen schon wieder halb geschlossen. Nur aus den Augenwinkeln heraus nahm er dabei die Kapsel am Fuß der Taube wahr.

Eine Botschaft! Eilends zündete er die Fackel wieder an, befreite das Tier von der Hülse, holte das Briefchen heraus.

Der Mann mit den langen dunklen Locken und den blauen Augen, der, der den Hengst Aed reitet – er ist ein Spion, der sich bei Euch eingeschlichen hat: Urieén, es ist Urieén, der Prinz der Nevlyn. Er war es auch, der Darina gerettet hat, die Prinzessin der Nevlyn.

Das Blatt glitt zu Boden. Sie hatten herausgefunden, wer er war. Irgendjemand wollte ihn an den Feind verraten. Wenn diese Taube ihr Ziel erreicht hätte ... es wäre sein endgültiger Untergang gewesen.

»Woher hast du das gewusst, Fiain?« Endlich hatte er verstanden! Doch nun war ich beleidigt, putzte mir das Gefieder und strafte ihn mit Missachtung. Urieén stand auf, holte ein Stück getrocknetes Fleisch. »Hier, mein Schöner, das hast du dir verdient.« Ich war so gnädig und verzieh ihm, nahm das Fleisch aus seiner Hand. Urieén hob das Blatt wieder auf. Doch als er vor dem offenen Kamin stand, warf er es nicht hinein. Der Feind erwartete sicherlich eine Botschaft. Wenn keine kam, wusste er, dass etwas nicht in Ordnung war. Neben dem Kamin sank er zu Boden. Wer hatte die Botschaft geschickt? Wer wusste, dass er hier war? Dass er geholfen hatte, Darina zu befreien? Wer war in jener Nacht mit im Nebenraum der großen Halle gewesen? Doch nur die engsten Vertrauten. Wem konnte er noch vertrauen, wenn nicht ihnen? Gildas, sein Lehrmeister solange er denken konnte? Cathair, sein bester Freund? Warum sollten sie ihn an den Feind verraten? Aber Lorcan oder Murthag? Jeder von ihnen hatte Grund, den Feind zu hassen. Genauso viel Grund wie Urieén selbst. Er musste ihnen vertrauen und konnte doch keinem mehr vertrauen. Noch einmal nahm er den Brief in die Hand. Würde er die Schrift fälschen können? Es wäre ein Geschenk des Guten Gottes, wenn er Weylon mit einer falschen Botschaft vernichten könnte. Er nahm den Brief mit zum Schreibtisch, spitzte eine Feder an. Bis zur Morgendämmerung arbeitete er verbissen. Doch der Erfolg blieb aus. Er schleuderte die Feder in die Ecke, schloss die Augen, lehnte sich zurück, hielt die Hände vor sein Gesicht, raufte sich die Haare. Umsonst gearbeitet, umsonst gehofft, die halbe Nacht. Er musste dringend noch ein wenig schlafen, öffnete die Augen wieder, wollte aufstehen und in sein Schlafzimmer gehen. Quer über den Tisch verlief eine Blutspur. Die Taube! Urieén hatte keine Acht mehr auf sie gehabt.

Sie lebte noch, hatte sich hinter einigen Büchern im Regal verkrochen. Urieén nahm sie vorsichtig an sich. Über ihren Bauch zog sich eine rote Spur. Ansonsten war sie unverletzt. Mein Mensch trug sie hinüber zu seinem Waschtisch, wusch die Wunde aus, verband sie.

»Dass du sie mir ja nicht mehr anrührst, Fiain!« Beleidigt schaute ich meinen Menschen an. Was dachte er denn von mir?

Der Morgen dämmerte bereits. Es war inzwischen selbstverständlich für meinen Menschen, dass er sich eine Kerze auf das breite Fenstersims stellte, sich daneben setzte.

»Gelobt seist du, Daeide, Gott der Nevlyn, heute und alle Tage; gelobt für all die Segnungen, die du uns schenkst ...« Tränen schlichen sich in seine Augen. Wo waren sie, die Segnungen? Es hatte alles so gut ausgesehen. Er hatte Darina gefunden – und gleichzeitig auch erfahren, dass sie das Licht des Feindes zerstören konnte. Nur die Möglichkeit dazu hatte noch gefehlt. Und nun ... Er, der Prinz der Nevlyn, saß hier gefangen und konnte seinem Volk nicht helfen. »Ich weihe dir zu dieser frühen Stunde diesen Tag und mein Leben. Ich weihe dir meine Hände, damit sie heilen, wo Heilung nötig ist und das Schwert ergreifen, wo es für Gerechtigkeit einstehen muss. Ich weihe dir meine Füße, damit sie nur die Wege gehen, die du mir bereitet hast.« Er würde nicht aufgeben.

Der Feind lächelte nur, als Urieén nach der durchwachten Nacht zur Morgenmahlzeit erschien. Es war nicht das erste Mal, seit er Darina befreit hatte. Weylon grinste ebenfalls.

»Das tut mir aber leid, dass unser Gast so müde ist. Wir müssen dafür sorgen, dass er sich schont und nicht das Haus verlässt.« Er lachte dümmlich. Noch nicht einmal der Feind fand es lustig. Urieén hielt es nicht für nötig, irgendetwas zu erwidern. Er starrte geradeaus und würdigte Weylon keines Blicks. Der Blick des Feindes traf ihn umso mehr. Er wusste ganz genau, was der ihm damit sagen wollte: Warum Tynan? Warum hast du mein Vertrauen so enttäuscht? Ich hatte noch so viel mit dir vor! Du warst wie ein Sohn für mich …

»Wer bist du?«

»Herr?« Urieén starrte zum Feind hin, wurde wieder einmal blass. De Frage hatte ihn völlig überrascht.

»Ich will wissen, wer du wirklich bist!«

»Das sagte ich Euch bereits, Herr! Ich bin Tynan, ein wandernder Söldner …«

»Das bist du mit Sicherheit nicht. Und wehe dir, wenn ich herausfinde, wer du wirklich bist! Und ich werde es herausfinden, verlasse dich darauf. Auch wenn ich dich noch Jahre hier festhalten muss. Du kannst jetzt gehen.«

»Danke Herr! Ich möchte aber noch meine Morgenmahlzeit ...«

»Verschwinde!« Mein Mensch hielt es für klüger,
aufzustehen und das Speisezimmer zu verlassen. Er
schloss die Tür hinter sich, lehnte sich dagegen, atmete tief durch. Er hatte nicht vorgehabt, zu lauschen. Es
musste wohl wieder das Eingreifen Daeides sein, dass
er es trotzdem tat, unfreiwillig.

»Warum werft ihr ihn nicht einfach in den Kerker,
Herr?«

»Wozu? Ich möchte nicht jedes Mal in den Kerker
steigen müssen, wenn ich mit ihm sprechen will. Und
er wird keine Ruhe vor mir haben! Ist eine Botschaft
für mich angekommen?«

»Nein Herr«

»Sie müsste schon längst hier sein!«

»Glaubt Ihr, dass er ... aber wie sollte er?«

»Dieser Bussard ... sorge dafür, dass seine Räume
durchsucht werden.« Mein Mensch eilte so schnell es
ihm möglich war, nach oben.

Ich saß auf meiner Stange und putzte mein Gefieder, mein Mensch lag auf seinem Bett und hielt ein aufgeschlagenes Buch in seiner Hand, als sie die Tür aufstießen und begannen, Schränke und Schubladen aufzureißen und den Inhalt zu durchwühlen.

»Was soll das?« Urieén sprang auf und schaute so wütend und vorwurfsvoll, wie es ihm möglich war. Weylon grinste ihn an.

»Das werden wir dir sagen, wenn wir gefunden haben, was wir suchen.«

»Und was glaubt Ihr, hier finden zu können, Herr Weylon?« Mein Mensch konnte noch immer spöttisch sein.

»Wir können das Ganze natürlich abkürzen, indem du uns sagst, wo du sie versteckt hast!«

»Versteckt? Was soll ich versteckt haben?«

»Das weißt du ganz genau. Die Taube und die Botschaft, die dein seltsamer verflohter Vogel abgefangen hat!«

»Fiain soll was? Mein Bussard jagt keine Tauben! Das ist ein Mäusebussard! Schon mal etwas von dem Unterschied zwischen Mäusen und Tauben gehört?«

»Ja, ja ... wer es glaubt ...« Weylon und seine Begleiter ließen sich nicht von ihrem Werk abhalten, zerrten Kleider aus dem großen Schrank und den Truhen, Bücher aus dem Regal, kippten sämtliche Schubladen seines Schreibtisches aus, traten auf die auf dem Boden verstreuten Federn. Ein Tintenfass öffnete sich, sein Inhalt ergoss sich auf den Dielen. Doch sie fanden nichts. Weylon rief seine Begleiter zusammen.

»Seid ihr nun zufrieden?! Und wer soll jetzt die ganze Schweinerei hier wieder aufräumen? Ich werde mich beschweren!«

»Das kannst du meinetwegen! Und aufräumen kannst du selbst, du hast ja Zeit. Du verbringst ja den ganzen Tag mit Nichtstun!« Weylon verließ den Raum und schlug die Tür hinter sich zu.

Urieén blieb zurück, lauschte den sich rasch entfernenden Schritten. Dann atmete er langsam aus. Er legte sich auf den Boden, griff zwischen einem Spalt hindurch unter das Bett, tastete darunter, zog schließlich vorsichtig die Taube hervor.

»Tut mir leid, meine Liebe, das musste jetzt sein. Da unten konnten sie dich nicht finden, der Spalt ist eigentlich zu schmal.« Er hielt sie mit einer Hand an sich, zog mit der anderen an einem Taschentuch, das er ebenfalls unter das Bett geschoben hatte, wickelte die Kapsel und die Botschaft aus. Schnell untersuchte er noch den Verband. Er hatte keinen Schaden genommen. Mein Mensch stieg auf einen Stuhl und setzte die Taube in eine Kiste, die er auf den hohen Schrank gestellt und unter einer Decke verborgen hatte. Die Taube ließ sich das alles gefallen, als ob sie ahnen würde, dass von meinem Menschen nur Gutes ausging. Nun, auch Tauben sind nicht so dumm wie ihr Ruf behauptet, vor allem Brieftauben nicht. Er gab ihr noch ein paar Körner, schob die Kiste an die Wand, so dass die Taube nicht entkommen konnte und stieg wieder herunter. Die Anspannung fiel von ihm ab, die Erschöpfung stellte sich ein. Er ließ sich auf sein Bett fallen und schloss die Augen. Doch die innere Unruhe hielt ihn wach.

Schließlich hielt es ihn nicht mehr auf dem Bett, er begann, die Unordnung aufzuräumen. Das war wenigstens etwas, das er tun konnte; Arbeit mit den Händen, die sein Denken nicht forderte. Immer wieder hielt er nachdenklich inne. Wenn mein Mensch doch endlich reden würde. Manchmal war er derart verschlossen.

»So kann es nicht weitergehen, Fiain«, begann er schließlich. »Ich kann nicht hier sitzen und warten, bis der Feind entdeckt, wer ich bin, wochenlang, monatelang. Irgendetwas muss ich unternehmen.« Er hielt erneut in seiner Arbeit inne, setzte sich auf den Boden, zog die Knie an und blickte zu mir auf. Aufmerksam sah ich ihn an, wartete, bis er weiterredete.

»Glaubst du, du würdest die Höhlen finden, in denen Gildas und die anderen Zuflucht gefunden haben? Wenn ich dir den Weg beschreibe?« Ich flog zu ihm hin, setzte mich auf sein Knie, ignorierte seinen Schmerzenslaut. Dennoch, er strich mir über die Federn. »Ich muss ihm eine Botschaft zukommen lassen. Sie müssen wissen, dass ich lebe, auch wenn ich nicht mehr zum Treffpunkt kommen konnte. Und sie müssen vor allem wissen, dass ein Verräter in ihren Reihen ist.« Ich hopste auf den Schreibtisch. Was diese Taube konnte, konnte ich schon lange. Mein Mensch stand auf, räumte schnell die letzten herumliegenden Dinge zusammen und setzte sich zu mir. »Du darfst aber nur zu Gildas, verstehst du? Wir dürfen niemandem sonst trauen.« Ich rieb meinen Kopf an seiner Hand, wollte ihm zu verstehen geben, dass ich ihn verstanden hatte. Auch wenn ich nicht seiner Meinung war.

Die Nacht war hereingebrochen, als er zum Nachtmahl hinunter ins Speisezimmer ging und dabei das Fenster offenstehen ließ. Ich flog hinaus. An meinem Fuß hing die Kapsel, die die Taube in der Nacht zuvor noch getragen hatte.

Ich kannte den Weg zu den Höhlen, aber selbst wenn ich es gekonnt hätte, ich hätte es meinem Menschen nicht verraten. Er hatte mich ja nicht mitnehmen wollen, zur Befreiung Darinas. Ich setzte mich am Rande der Lichtung auf einen Baum und wartete auf den neuen Morgen. Nun, zugegebenermaßen schlief ich auch einige Stunden.

Cathair war der Erste, der die Höhle verließ. Er führte sein Pferd am Zügel, bestieg es und ritt davon. Sicherlich machte er sich auf den Weg zum Treffpunkt. Wie oft er wohl vergeblich gewartet hatte?

Liadain trat vor die Höhle, gefolgt von Etain. Ich entschloss mich, sie nicht zu überfallen, wollte nicht, dass der Schock, wenn sie mich sah, zu groß war. Also wartete ich weiter geduldig. Ein Wächter stand die ganze Zeit vor dem Eingang. Ob Gildas wirklich herauskommen würde? Sollte ich nicht versuchen, hineinzufliegen? Und ihn suchen? Es war mir schon einmal gelungen. Aber nein, das war in der Nacht gewesen, die meisten der Krieger hatten geschlafen. Nun war es heller Tag und sie verließen immer wieder die Höhlen, um sich am Fluss zu waschen oder Wasser zu holen. Nieselregen setzte ein. Auch das noch. Liadain und Etain kehrten zurück, mit prall gefüllten Beuteln. Ich musste es wagen, flog zu ihr hin. Sie stieß einen Schrei aus, ließ ihren Beutel fallen.

»Fiain!« Doch schnell fing sie sich wieder. Sie griff nach dem Beutel, schlang ihn sich um die Hand, damit ich auf ihm landen konnte. »Fiain, was ist mit Urieén? Warum kommst du alleine? Warum nur?« Tränen traten in ihre Augen. »Ist es zu spät? Wird er nie erfahren ...?« Sie musste schluchzen, konnte nicht mehr weitersprechen. Liadain fasste sie am Arm, schob sie in die Räume der Heilerin.

»Ganz ruhig ... du darfst dich nicht zu sehr aufregen, in deinem Zustand. Hier setze dich ... ich hole Gildas ...« Kluge Liadain. Ihr konnte man vertrauen, das wusste ich. Und vor allen anderen auch Etain. Ich rieb meinen Kopf an der Wange der Gefährtin meines Menschen. Ein wenig lächelte sie zwischen den Tränen hindurch.

»Ach Fiain ... magst du mir einen Kuss von meinem Liebsten bringen? Wird er mich jemals wieder selbst küssen können?« Wieder rieb ich meinen Kopf an ihrer Wange, wie zur Bestätigung. Gildas trat mit raschen Schritten ein.

»Fiain ist hier? Ohne Urieén? Das ist kein gutes Zeichen.« Ich hüpfte auf den Tisch, damit er die Kapsel leichter erkennen konnte. Er sah sie auch sogleich. »Kluges Tier!« Er nahm sie mir ab und faltete die Botschaft auseinander, las schweigend. Ich sah meine Aufgabe als erfüllt an und hüpfte zurück auf Etains Schoß. Ihr Bauch war ein ganzes Stück größer geworden. Gildas sah mich schließlich an.

»Holt ihm etwas zum Fressen. Er soll heute noch zurückfliegen. Ich möchte nur eine Antwort schreiben.«

»Ist die Botschaft von Urieén? Was schreibt er? Wie geht es ihm?«

»Ja, mein Kind, das ist sie. Und es geht ihm … nun, den Umständen entsprechend. Aber er ist nicht in Lebensgefahr. Noch ahnt der Feind nicht, wer er wirklich ist.«

»Noch?« Wieder liefen Etain Tränen über die Wangen.

»Ja, und wir werden dafür sorgen, dass es auch so bleibt!« Er hielt mir die Faust hin, ließ mich darauf Platz nehmen.

Gildas ging hinüber in seinen Raum, nicht mehr als eine Ausbuchtung in den Höhlen mit einem Vorhang davor. Eine einzelne Kerze brannte auf dem Tisch aus grobem Holz. Sie mussten sparsam mit dem Licht sein. Er ließ sich auf den Stuhl fallen, faltete die Botschaft noch einmal auseinander, hielt sie nah an die

Kerze, um sie besser lesen zu können. Urieén durfte die Festung nicht mehr verlassen. Er hatte Etain etwas versprochen, was sie vermutlich nicht halten konnten. Ihre Aussichten, den Feind zu besiegen, waren geringer als jemals zuvor. Er zog ein Papier hervor, spitzte die Feder an, tauchte sie in das Tintenfass. Doch was sollte er schreiben? Wie sollte er Urieén Mut machen? Er konnte ihm nur versprechen, dass er nachforschen würde, wer ihn verraten hatte.

»Gildas? Darf ich eintreten?« Gildas schreckte aus seinen Überlegungen auf.

»Natürlich, Etain. Komm herein.« Sie lächelte, auch wenn Tränen über ihre Augen liefen.

»Meinst du, ich könnte Urieén eine Nachricht schicken?«

»Nenne seinen Namen nicht«, flüsterte Gildas. »Es könnte jemand lauschen.« Etain riss die Augen auf.

»Was?! Aber ...« Gildas schob ihr den Brief hin. Er konnte es ihr nicht verschweigen. Ihre Tränen hinterließen Flecke auf der Tinte. »Eingesperrt ... er ... ausgerechnet er ...« Sein Brief klang völlig hoffnungslos. Das passte gar nicht zu ihm. Er hatte es nicht geschrieben, doch zwischen den Zeilen ... »Was wirst du ihm schreiben, Gildas? Und darf ich ihm auch etwas auf die Botschaft antworten?« Sie strich über ihren Bauch.

»Natürlich darfst du das, Etain. Vielleicht ist das auch das Beste. Vielleicht gibt ihm das wieder genug Hoffnung.«

Das Fenster stand noch immer offen, als ich spät am Abend heimkehrte. Eine kleine Flamme brannte im Kamin, ihr Schatten tanzte an den Wänden. Urieén lag auf seinem Bett, die Augen geschlossen. Doch er schlief nicht, sprang auf, als ich ins Zimmer flog.

»Fiain, mein Schöner! Endlich! Der Tag war schrecklich ohne Dich. Einsam ... Nun, wenn man von den ungebetenen Gästen absieht.« Er ließ mich auf seiner Faust landen, strich mir über die Federn. »Sie haben schon wieder mein Zimmer durchsucht. Ich kann gar nicht sagen, wie froh ich bin, dass sie nicht nach dir gefragt haben. Sie haben mir noch nicht einmal mehr erlaubt, in die Ställe zu gehen, warum auch immer. Fiain, ich habe Angst, ehrlich Angst. Als nächstes werden sie mich vielleicht in den Kerker werfen ...« Ich rieb meinen Kopf an seiner Wange, etwas, das mir Etain ausdrücklich aufgetragen hatte. Dann sprang ich auf den Tisch, damit er leichter die Kapsel entfernen konnte. Er faltete den Brief auf, ließ sich zum Lesen auf einen Sessel nahe am Kamin fallen.

»Etain ... das ...« Mein Mensch ist ein starker, kühl denkender Bursche, aber in diesem Moment standen ihm Tränen in den Augen, liefen unaufhörlich über seine Wangen. »Fiain ... Etain ... sie ist ... die Königslinie ... sie wird weitergeführt werden. Etain trägt mein Kind unter ihrem Herzen. Sie ist schwanger, ich werde Vater werden ... ein Kind ... mein Kind ... wird es je seinen Vater kennenlernen können?« Er gab mir noch meine Belohnung, dann legte er sich wieder ins Bett, den Brief an sein Herz gedrückt.

Als er am nächsten Morgen erwachte, war er nicht mehr ganz so blass wie in den letzten Tagen. Er hatte eine Entscheidung getroffen.

Gleichmütig ertrug er Weylons Demütigungen und die Drohungen des Feindes. Mit stolzem Blick sah er zu, wie sie erneut seine Zimmer durchsuchten. Wieder holte er die Taube unter dem Bett hervor, versorgte sie, sperrte sie in die Kiste. Wie dumm waren die Diener des Feindes eigentlich, dass sie den Kasten auf dem Schrank nicht bemerkt hatten? Ihnen hätte der Deckenberg verdächtig vorkommen müssen. Und so verbrachte Urieén den Nachmittag erneut damit, seine Zimmer aufzuräumen. Danach setzte er sich an seinen Schreibtisch. Er zögerte lange, den Brief zu beginnen, stockte immer wieder. Für die kurze Nachricht an Gildas brauchte er länger als für den erheblich längeren Brief an Etain. Er liebte diese Frau von ganzem Herzen. Und er wünschte sich nichts so sehr, als sie wieder in seine Arme schließen zu können. Nun, vielleicht ... Er träumte davon, seine Heimat befreit zu haben und seinem Volk seine Gemahlin vorzustellen, in einer Zeremonie im neu errichteten Heiligtum Daeides das Bündnis unter dessen Segen zu stellen. Doch ob das jemals Wirklichkeit werden würde? Im Moment sprach nichts dafür. Er nahm noch einmal die Botschaft an Gildas zur Hand und las die letzten Sätze, die er geschrieben hatte.

‚Kümmere dich bitte um Etain. Das Kind, das sie trägt, ist meines, ein Prinz oder eine Prinzessin der Nevlyn. Bezeuge das vor aller Welt! Und lehre das Kleine all das was du mir beigebracht hast. Lass es stark werden im Glauben an Daeide. Anders als sein Vater und vermutlich auch sein Großvater.‘

Er steckte die beiden Briefchen in die Kapsel und band sie mir an den Fuß. Dann ließ er mich bei geöffnetem Fenster allein und ging nach unten. Noch war ihm befohlen, zu sämtlichen Mahlzeiten zu erscheinen.

Liebesbote spielen, das ist eine feine Sache. Wir saßen in Gildas' Kammer, ich auf Etains Schoß. Ich rieb meinen Kopf an ihrer Wange, während sie über meine Federn strich, mich an sich drückte, nicht wusste, ob sie weinen oder lachen sollte. Sie steckte mir getrocknetes Fleisch zu, während sie den Brief las, wieder und wieder.

»Ach Fiain, wenn wir dich nicht hätten!« Hatte ich schon einmal erwähnt, dass Etain nicht nur schön, sondern auch außerordentlich klug ist?

Gildas saß still an seinem Schreibtisch. Das, was Urieén geschrieben hatte, trieb ihm Sorgenfalten auf die Stirn.

,Wie schnell wirst du unsere Krieger zusammenrufen und hierher führen können, Gildas? Etain trägt mein Kind unter ihrem Herzen, die Königslinie ist gesichert. Es wird Zeit, die Maske fallen zu lassen. Ich werde mich dem Feind offenbaren. Es gibt nur diesen einen Weg, euch den Zugang zu der Feste zu ermöglichen. Bei einem Menschenopfer werden die Wachen

in der Halle tief im Turm anwesend sein, das Tor und die Mauern nur spärlich bewacht. Der Feind glaubt, er sei unbesiegbar, die Macht Daeides gebrochen. Aber das ist sie nicht! Und solange Darina und ich leben, werden wir für ihn und mit ihm kämpfen. Ihr habt einen Plan der Feste. Ich vertraue darauf, dass ihr meine Schwester in das höchste Zimmer des Turmes bringen werdet. Und sie die Quelle der Macht zerstört. Doch der Verräter darf keine Möglichkeit mehr haben, den Feind zu benachrichtigen.

Urieén wollte sich opfern.

Gildas erinnerte sich an das Gespräch mit Cathair, das er vor einiger Zeit geführt hatte. ‚Urieén opfert sich jeden Tag ...‘ hatte er ihm gesagt. Und es stimmte. Bei alledem hatte es aber immer die Hoffnung gegeben, dass er unbeschadet wieder zurückkehren würde. Doch nun ... der Tod war Urieén sicher, wenn er sich dem Feind offenbarte. Er würde den Prinzen der Nevlyn höchstwahrscheinlich nicht mehr lebend wiedersehen. Keiner von ihnen. Er wollte ihm schreiben, dass er das nicht durfte. Aber das konnte er nicht, das wusste er. Es gab keinen anderen Weg. Der Prinz musste sein Leben geben. Für die Freiheit des Volkes der Nevlyn. Und aller unterdrückten Völker.

Zweimal flog ich noch hin und her, dann war alles geregelt. Urieén holte die Taube aus dem Versteck. Dreimal hatten Weylon und die Krieger seine Räume noch einmal durchsucht. Sie hatten nichts gefunden. Vorsichtig löste mein Mensch den Verband der Taube. Die Wunde war gut verheilt. Es war die Zeit seines Morgengebets. Noch war draußen alles ruhig. Der erste graue Streifen zeigte sich am Horizont. Er steckte die Botschaft zurück in die Kapsel, band sie an den Fuß der Taube. Dann öffnete er das Fenster und ließ sie hinaus. Er ließ das Fenster offen. Ein Luftzug spielte mit der Flamme der Kerze. Wie gewohnt setzte er sich auf die breite Fensterbank.

»Komm her, Fiain ... Du weißt, was du zu tun hast, wenn sie mich abholen, ja? Aber beobachte erst ein bisschen. Hole sie nicht zu früh.« Dann lehnte er sich zurück, schloss die Augen. »Gelobt seist du, Daeide, Gott der Nevlyn, heute und alle Tage; gelobt für all die Segnungen, die du uns schenkst! Ich weihe dir zu dieser frühen Stunde diesen Tag und mein Leben ...«

, ... und meinen Tod', ergänzte er im Gedanken.

A Seacht

Sie kamen kurz vor dem Mittagsmahl. Der Feind persönlich, in Begleitung von vier seiner Wachen, die Stellung an den Türen bezogen. Der Feind lächelte, schloss das Fenster, das immer noch offen stand und nahm mir damit meinen Fluchtweg. Er setzte sich in einen der weichen Sessel, lud Urieén mit einer Handbewegung ein, es ihm gleichzutun. Zwei der Wachen stellten sich hinter meinen Menschen, legten ihre Hände auf seine Schultern. Eiskalt waren sie, das spürte Urieén durch sein ledernes Hemd hindurch.

»Habe ich dir eigentlich jemals erzählt, woher meine Krieger stammen?« Mein Mensch schüttelte nur den Kopf. »Am Anfang stand ich ganz allein ... die, die ich Freunde genannt hatte, wollten nichts mehr mit mir zu tun haben. Aber ich hatte meinen Gott. Und ich hatte Kräutertränke. Mit ihnen habe ich Männer betäubt, um sie Huarwar zu opfern. Und mein Gott hat ihre Seelen angenommen und mir ihre Körper zurückgegeben. Verändert, ja. Als Krieger, die lebendig tot sind. Sie brauchen nichts zu essen, nichts zu trinken, keinen Schlaf. Und mehr Krieger bedeuteten natürlich mehr Opfer. Sie fingen unzählige junge Männer. Nach und nach bekam ich eine ansehnliche Armee zusammen. Genug, um das Königreich der Nevlyn zu überfallen. Aber daran wirst du dich sicher noch erinnern können, nicht wahr, Urieén.« Er grinste meinen Prinzen an, stand auf, lief im Zimmer auf und ab. Mein Mensch hing im Sessel, blass aber gefasst. Ein wenig hielt er den Kopf gesenkt. »Wie konnte ich nur so blind sein? Spätestens nachdem die Prinzessin verschwunden war ... nur du und Weylon wussten davon. Und Weylon wäre zu einer solchen Rettungstat nicht fähig gewesen. Nun, andererseits, ich dachte wirklich, ihr seid alle umgekommen, in dem großen Feuer. Erinnerst du dich noch an das Feuer, Prinz der Nevlyn? Oder warst du bereits feige geflohen, als es ausbrach?« Er blieb stehen, blickte auf meinen Menschen herab. Sein Handrücken traf Urieéns Gesicht. Der Kopf meines Prinzen flog zur Seite. Er senkte den Blick, Blut tropfte aus seiner Nase. »Nun, es ist gleichgültig. Du bist in meiner Hand. Huarwar hat über Daeide gesiegt. Noch heute wirst du ihm geopfert werden. In einer ganz besonderen Zeremonie. Ein höheres Opfer werde ich meinem

Gott nie wieder bringen können.« Der Feind stellte sich vor ihn, verschränkte die Arme. »Hast du denn nichts dazu zu sagen?« Urieén legte seine Hand über die blutige Nase. Er musste Überraschung heucheln, um den Feind nicht misstrauisch zu machen, er wusste es. Doch es gelang ihm nicht. Er konnte nur so tun, als ob ihn der Schmerz mehr beschäftigte als alles andere. Und hoffen, dass der Feind es nicht bemerkte. »Was bist du nur für ein feiger Schwächling?« Er schüttelte schließlich den Kopf. »Woher hast du nur den Mut genommen, als du Tynan warst? Oder spielst du mir nur etwas vor?« Die Hand des Feindes traf Urieéns andere Wange. Urieén konnte einen Schmerzenslaut nicht völlig unterdrücken.

»Nein, Herr«, brach er schließlich hervor. »Warum sollte ich? Wie auch immer ihr herausgefunden habt, wer ich in Wirklichkeit bin, es würde mir nichts mehr einbringen, Euch anzulügen.«

»Nein, das würde es nicht! Und es würde dir auch nicht mehr helfen. Weißt du eigentlich, dass mich noch nie ein Mensch so sehr enttäuscht hat? Wie konntest du mir das antun? Ich habe dich behandelt, als wärest du mein einziger Sohn!«

»Tut mir leid«, flüsterte Urieén. Wieder traf ihn die flache Hand des Feindes. Urieéns Lippe begann zu bluten.

»Lüge mich nicht an! Du würdest es jederzeit wieder machen!« Einige Augenblicke blickte er noch auf Urieén, der den Kopf jetzt tief gesenkt hielt, herab. »Führt ihn ab, bereitet ihn vor.«, befahl er den Wachen schließlich. Urieén ließ sich widerstandslos abführen, den Kopf gesenkt. An der Tür hielt er noch einmal inne.

»Ich habe noch eine Bitte! Fiain, mein Bussard – er war mir all die Jahre ein treuer Freund. Ich weiß nicht, was Ihr mit ihm vorhabt. Aber ich bitte Euch, lasst ihn am Leben. Schenkt ihm die Freiheit. Das ist mein letzter Wunsch.«

»Das werde ich ganz sicher nicht tun! Weylon hat mich immer vor diesem Vieh gewarnt.«

»Bitte Herr ... wenn Euch jemals etwas an mir gelegen war, dann erfüllt mir diesen letzten Wunsch. Sperrt ihn meinetwegen hier im Zimmer ein, aber lasst ihn am Leben. Er hat nichts weiter getan, als mir ein treues Tier zu sein. Und dafür sollte er nicht sterben.«

Der Feind brummte nur, winkte, dass sie weitergehen sollten. Er schloss die Tür hinter sich. Ich blieb alleine zurück. Alleine und lebendig.

Der Fensterriegel hatte mich schon einmal nicht aufgehalten. Er tat es auch dieses Mal nicht. Als sie meinen Menschen über den Hof zu dem Turm führten, hatte ich ihn bereits geöffnet. Ich musste sehr vorsichtig sein, niemand durfte sehen, dass ich entkommen war. Der Feind verließ den dunklen Turm wieder, ging in den Palast zurück. Die Augen der Wachen auf den Mauern waren nach außen, auf das Umland gerichtet. Die Höfe der Festung waren menschenleer. Ich segelte hinab in den Eingang des Turms, hinunter in den Gang zu dem Gewölbe tief unten. Das weithin leuchtende Feuer, das sie angezündet hatten, wies mir den Weg. In der Nische, in der ich schon öfter gesessen hatte, fand ich ein sicheres Versteck.

Sie hatten meinen Menschen zwischen die Pfähle gebunden. Noch stand er aufrecht, versuchte, seine Arme so zu halten, dass die Stricke nicht zu sehr in seine Handgelenke schnitten. Das Feuer hinter ihm wirkte winzig in dem riesigen Kamin. Noch brannte es nicht lichterloh wie bei den Opferungen. Noch stand sie nicht unmittelbar bevor.

Stundenlang saß ich in der Nische, stundenlang musste mein Mensch dort unten stehen. Und ich konnte nicht zu ihm, ihm keinen Beistand leisten. Zwei der Wachen waren stets bei ihm. Wir verloren jegliches Zeitgefühl. Unruhig verlagerte ich mein Gewicht von einem Fuß auf den anderen. Und wieder zurück. Zwei Krallen nach rechts, zwei nach links. Immer darauf bedacht, kein Geräusch zu machen. Mein Mensch bewegte sich kaum. Seine Arme sanken langsam herab. Er hielt seinen Kopf gesenkt. Woran er wohl gerade dachte?

Schritte im Gang, der Feind betrat die Halle. Nach all der Warterei war sein Erscheinen fast eine Erlösung. Auch mein Mensch hob den Kopf. Im Gefolge des Feindes betraten auch einige der Wachen das Gewölbe. Und unvermeidlich auch Weylon. Diese lebendig gewordene Rattenpisse, die glaubte, über meinen Menschen lachen zu müssen. Die Wachen brachten Holz und warfen es ins Feuer. Nach und nach wurden die Flammen größer. Bald füllten sie den gesamten Kamin aus. Allein schon die Hitze musste meinen Menschen quälen.

»Bringe mir meine Robe, Weylon.«

»Gerne, Herr! Verständlich, dass ihr die Zeremonie selbst durchführen wollt.«

»Wir werden die endgültige Zeremonie erst morgen früh ausführen. Ich werde nur einige Vorbereitungen treffen. Ich habe ja gesagt, dass es ein besonderes Opfer geben wird.«

»Ja Herr! Ich kann es kaum erwarten.« Weylon half dem Feind, die Robe anzulegen.

»Weylon, du gehst mir auf die Nerven mit deiner Unterwürfigkeit! Tynan, der war anders ...« Der Feind sprach es leise vor sich hin, mit Bedauern in der Stimme, während er das silberne Messer nahm und an meinen Menschen herantrat.

Er fasste ihm am Kinn, hob den Kopf ein wenig, sah ihm in die Augen.

»Tynan, ich gebe dir noch eine letzte Gelegenheit. Schwöre hier, im Heiligtum meines Gottes, Daeide ab und mir und Huarwar die Treue. Dann werde ich dich am Leben lassen und dich an meiner Macht teilhaben lassen. Ich werde dich über alle meine Krieger setzen und dich zu meinem Nachfolger bestimmen. Gemeinsam werden wir die letzten Feinde besiegen.« Mein Prinz schüttelte nur langsam den Kopf. Auch wenn es das endgültige Todesurteil für Urieén war, ich war mächtig stolz auf ihn. »Gut, dann sei es …« Der Feind setzte am Hals meines Prinzen an, schnitt langsam die Schnüre des Hemdes auf. Das Messer durchdrang den Stoff, hinterließ eine blutige Spur auf seiner Brust und seinem Bauch. Danach trat der Feind von hinten an Urieén heran, wiederholte den Schnitt durch Stoff und Haut auf seinem Rücken, entlang seiner Wirbelsäule. Worte in einer fremden, alten Sprache flüsterte er dabei. Das Hemd fiel zu Boden, nachdem er die Ärmel durchtrennt hatte. Zum Schluss fuhr er noch einmal mit dem Messer über die Brust meines Menschen, dort, wo sein Herz war. Nichts als ein harmloser Kratzer. So schien es jedenfalls. Der Feind trat einen Schritt zurück, betrachtete sein Werk, flüsterte noch ein paar Worte in der alten Sprache, hielt inne. Dann wischte er das Messer ab.

»Lassen wir ihn über Nacht alleine! Wir werden morgen früh bei Sonnenaufgang wiederkommen und sehen, was von dir noch übrig ist, Urieén, Prinz der Nevlyn. Und unser Werk vollenden.« Die Wachen legten noch einmal Holz nach, dann folgten sie dem Feind und Weylon hinaus. Ließen meinen Menschen alleine. Doch das war er nicht! Schließlich war ich ja noch da.

Unschlüssig trat ich von einem Fuß auf den anderen. Dieses riesige Feuer. Würde es mich nicht schon aus der Ferne verbrennen? Aber da war Urieén, mein Mensch. Mein Prinz! Ich musste zu ihm. Er brauchte mich. Doch wo landen? Auf seiner nackten Schulter? Das war nicht möglich, meine Krallen würden Spuren hinterlassen. Nun, um ehrlich zu sein würden sie sich tief in sein Fleisch graben. Und das wäre ein wenig zu auffällig. Und würden ihm noch mehr Qualen bereiten. Und noch mehr Blut kosten. Die Schnitte, die der Feind ihm zugefügt hatte, hörten nicht auf, zu bluten, obwohl sie nicht tief waren. Unaufhörlich zogen die Rinnsale über seine Haut, tropften zu Boden, flossen über den kaum merklich abfallenden Boden zum Feuer hin. Immer wieder flackerten grüne Flammen auf. Mein Instinkt sagte mir, dass ich weg musste, weg von den alles verzehrenden Flammen, weg von dieser nicht greifbaren Gefahr. Aber inmitten von alledem war Urieén, mein Mensch, mein Prinz. Ich konnte ihn nicht alleine lassen. Seine Knie hatten inzwischen nachgegeben, hielten ihn nicht mehr. Er hing an den Pfählen fest, tief schnitten die Stricke ihm ins Fleisch seiner Handgelenke. Ich musste zu ihm. Die Roben lagen sorgfältig zusammengefaltet auf einer Bank in der Ecke. Mit einem lauten Schrei überwand ich meine Panik, flog los. Ich griff mir eine der Roben, die mir als weiches Polster dienten, landete auf der Schulter Urieéns und rieb meinen Kopf an seiner Wange.

»Fiain ...« Ein wenig hob Urieén den Kopf. Er lebte noch. »Was tust du denn hier? Du sollst doch ... unsere Freunde ... eine Stunde vor Sonnenaufgang.« Ich verließ ihn nicht. Noch war Zeit. Ob ich ihn später würde verlassen können? Kalt fühlte er sich an, als ich erneut meinen Kopf an seiner Wange rieb. Sein Kopf war nach vorn gefallen. Ob er ohnmächtig geworden war? Doch dann hob er ihn wieder. »Fiain ... das Leben hat doch erst angefangen ... ich hätte gerne einmal meinen Sohn in meinen Armen gehalten ... Etain ... pass auf Etain auf, ja? Und auf den Kleinen ...« Seine Kräfte verließen ihn.

Ein Geräusch im Gang, ich schreckte auf. Die Robe ... ich flog los, ließ sie in eine dunkle Ecke fallen und kehrte zurück zu meiner Nische. Einer der Wachen betrat das Gewölbe, legte Holz nach, ging um Urieén herum und musterte ihn, als wenn er eine Ware wäre, das man vor dem Kauf gründlich prüfen musste. Schließlich verließ er das Gewölbe wieder. Ich blieb regungslos in meiner Nische sitzen, lauschte. Es blieb alles still, im Gang. Doch als ich wieder zu Urieén fliegen wollte, blieb mir fast das Herz stehen.

Die Flammen waren inzwischen vollständig grün. Schwarzer Rauch stieg auf, hüllte meinen Prinzen nach und nach vollständig ein. Und jäh waren da diese Stimmen aus dem Rauch.

»Du gehörst uns! Daeide kann dir nicht mehr helfen. Du hast unserem Gott geopfert, das hat dich zu einem von uns gemacht. Du wirst in alle Ewigkeit bei uns in der Finsternis sein und nie mehr das Licht Daeides erblicken. Du hast verloren, versagt! Und deinen Freunden wird dein Tod auch nichts nützen. Sie werden untergehen, so wie du selbst!«

Urieén, mein Mensch. Ich konnte nicht mehr zu ihm durchdringen. Er war für mich unerreichbar. Aber selbst wenn ... Diese Stimmen! Dieser Rauch. Panisch floh ich aus dem Gewölbe.

Kühle Nachtluft umfing mich, als ich den Turm verließ. Ich spürte sie nicht, spürte nichts. Ich hätte darauf achten müssen, dass mich niemand sah. Ich tat es nicht. In den Himmel schoss ich, flog aus der Festung hinaus. Weit über das Land, in den Wald hinein. Auf einem Ast ließ ich mich schließlich nieder. Urieén, mein Mensch, der Prinz der Nevlyn. Ich hatte ihn feige verlassen. Aber diese Stimmen. Dieses Flüstern, das das gesamte Gewölbe füllte. Mich fröstelte. Und das lag nicht an dem kalten Wind, der durch die Äste fuhr.

Eine Stunde vor Sonnenaufgang, hatte mein Mensch befohlen. Noch einmal warf ich einen Blick zurück zur Festung. Dann flog ich los. Bis nah an die Höhlen heran, damit ich den Zeitpunkt nicht verpasste.

Gildas trat vor die Höhle, sah sich um, als wenn er auf mich warten würde. Ich flog zu ihm hin. Und er schlug Alarm.

Sie eilten durch die zu Ende gehende Nacht, der Festung des Feindes entgegen. Ich flog ihnen voraus. Ob mein Mensch noch lebte? Ob er mir jemals verzeihen würde, dass ich ihn verlassen hatte? Er hatte es mir befohlen, ja. Und dennoch kam ich mir wie ein Feigling und ein Verräter vor.

Urieén hatte recht behalten. Es waren keine Wachen mehr auf der Mauer. Der Feind fühlte sich sicher. Unbesiegbar. Jetzt, wo Urieén, Prinz der Nevlyn, sein größter Gegner, in seiner Hand und so gut wie tot war. Ich flog zurück zu Gildas, der sich gerade mit Lorcan und Cathair beriet. Er hatte sie alle erst kurz bevor sie die Festung erreichten in die Pläne eingeweiht. Er hatte nicht vergessen, dass jemand aus ihren Reihen Urieén verraten hatte und wollte dem Verräter keine Gelegenheit geben, den Feind erneut zu benachrichtigen. Darina saß bei den dreien und lauschte aufmerksam.

»Wir sollten zuerst Urieén befreien! In den Keller dieser Festung gehen. Jede Minute kann es zu spät für ihn sein. Wenn er überhaupt noch lebt.«

»Nein Cathair! Der Feind ist ein mächtiger Magier, vergiss das nicht. Und alle seine Krieger sind in diesem Keller versammelt. Wir können nichts gegen sie ausrichten. Unsere Hoffnung beruht alleine darauf, dass wir den Ursprung seiner Macht zerstören.«

»Ist denn dieses Licht der alleinige Ursprung seiner Macht? Und warum bin ich die Einzige, die es zerstören kann?«

»Du stehst genauso unter Daeides Schutz wie Urieén, mein Kind. Wenn auch das Blut der Königslinie in dir nicht so stark ist. Und du besitzt eine Unschuld, die Urieén nicht mehr hat. Deine Hände sind rein von Blut, deine Gedanken noch nicht verdorben. Aber ob dieses Licht der Ursprung seiner Macht ist? Oder nur ein Teil? Das weiß ich nicht, das muss ich gestehen. Aber wir müssen unsere Hoffnung darauf stützen.«

»Dann sollten wir nicht länger hier verweilen!« Cadman, Lorcans Bruder, war an dessen Seite getreten. Er hatte sich vollständig von seiner Verletzung erholt. Tatendurstig schulterte er den Köcher mit den Pfeilen auf seinen Rücken, hob seinen Bogen auf, spannte die Sehne, überprüfte noch einmal den Sitz seines Messers. »Worauf warten wir noch?« Lorcan hob ebenfalls Pfeil und Bogen vom Boden auf, legte die Sehne ein.

»Ich stimme Cathair zu! Jede Minute zählt, wenn es um das Leben Urieéns geht. Wir haben genug Krieger in unserem Gefolge und können uns aufteilen. Ich bin dafür, dass ein Teil mit Darina nach oben geht, während ein anderer sich bereits auf den Weg nach unten macht, um jederzeit losschlagen zu können, wenn der Feind schwächer wird.«

»Ich weiß nicht ...« Gildas war noch immer nicht überzeugt.

»Ich finde, Lorcan hat recht! Ich werde mit einem Teil der Krieger hinuntergehen. Ich bin ein Solas, ich fürchte mich nicht vor irgendwelchen Zaubereien.

Lorcan, führst du Darina mit einigen Kriegern nach oben?«

»Gerne!«

Ich spürte, wie Gildas hin- und hergerissen war.

»Darina, mein Kind, glaubst du, dass du es schaffen wirst? Auch ohne mich?«, sprach er schließlich. »Ich halte es für besser, wenn ich dabei bin, wenn wir dem Feind gegenübertreten.«

»Ja, Gildas, ich werde es schaffen. Ich bin ja nicht alleine. Bitte, tu alles, was in deiner Macht steht, um meinen Bruder zu retten.«

»Das werde ich, mein Kind.« Ich denke, ich war der Einzige, der seine Angst spürte. Und seine Zweifel. War Urieén, Prinz der Nevlyn, überhaupt noch zu retten? War er nicht bereits unrettbar verloren? Tot?

Die Sonne hing inzwischen über den Tannen des Waldes. Es war Zeit, aufzubrechen. Ich bemerkte ein kaum hörbares Rascheln im Gebüsch. Katze! Sie war uns tatsächlich gefolgt. Nun, ihr war der Weg durch die Nacht vielleicht am leichtesten gefallen, mit ihren Augen. Ich blickte von meinem Ast auf sie herab. ‚Was denkst du denn? Glaubst du, ich bin meiner Menschin nicht genauso treu, wie du es deinem Menschen bist?‘ schien sie mir sagen zu wollen. Nun, sie hatte ja recht! Treu? Ich schaute zur Seite. Ich war meinem Menschen nicht treu gewesen. Oder vielleicht doch? Indem ich ihn aufgegeben hatte, um seinen Plan durchzuführen? Den einzig möglichen Plan, das wusste ich. Gildas‘ Stimme lenkte mich von meinen Gedanken ab. Er hatte sich Etain zugewandt.

»Versprich mir, dass du hier bleibst! Und sofort fliehst, wenn du dunkle Reiter hier auftauchen siehst! Alibhe ist nach Aed das schnellste Pferd. Nimm es und reite nach Morgant! Im Reich der Solas wird dann der einzige noch sichere Ort für dich sein. Und du und dein Kind, ihr müsst überleben.«

»Ja Gildas, das werde ich!«

»Ich hätte dich niemals mit hierher bringen dürfen. Ich hätte mich nicht überreden lassen sollen«

»Ihr braucht eine Heilerin, wenn ihr in den Kampf zieht!«

»Aber doch nicht dich, Etain!«

»Können wir jetzt endlich?!« Cathair unterbrach das Gespräch, marschierte los.

Ich flog ihnen voraus, hinein in den Turm. Ungeduld überfiel mich. Ich musste zu meinem Menschen, musste sehen, wie es um ihn stand. Katze würde Darina nach oben begleiten, sie hatte ihre eigene Wächterin in dieser unendlich wichtigen Mission. In meiner Nische ließ ich mich nieder.

Urieén, Prinz der Nevlyn, lebte. Soweit die guten Nachrichten. Der Feind stand ihm gegenüber, beschwor die dunkle Gottheit. Mit seinem silbernen Messer schnitt er Zeichen in Urieéns Brust. Unaufhörlich tropfte das Blut meines Prinzen zu Boden. Er bewegte die Lippen, kaum merklich.

»Daeide, sei mir gnädig in der dunkelsten Stunde meines Lebens.«

Rauch füllte den Raum. Die Flammen breiteten sich immer weiter aus. Bald würden sie Urieén erreicht haben. Er versuchte, zu husten, soweit seine Kräfte es noch zuließen. Der Feind lachte laut.

»Du wirst verbrennen, mein Lieber! So wie deine gesamte Sippschaft vor dir! Und deinem kleinen Schwesterchen, das du so heldenhaft gerettet hast, wird es nicht besser ergehen. Selbst wenn ihr sie im Herzen des Reiches der Solas versteckt haben solltet. Ich werde sie finden, mit der Macht, die dein Tod mir bringen wird! Und dein Gebet zu Daeide bringt dir auch nichts mehr ein.« Urieén sammelte seine letzten Kräfte, richtete sich auf, schrie. So laut, dass es durch den ganzen Turm hallte. Dann brach er ohnmächtig zusammen. Ich fühlte, wie langsam das Leben aus ihm gezogen wurde. Von jener unheimlichen, dunklen Macht, die in dem Rauch steckte. So seltsam das jetzt klingt. Ich trat von einer Kralle auf die andere. Am liebsten wäre ich hinabgeflogen und hätte den Feind mit meinen Krallen und meinem Schnabel bearbeitet. Ich hatte nicht den Mut. Denn was würde es einbringen? Nichts, gar nichts! Die Macht des Feindes war ungebrochen. Warum nur? Gildas, Cathair und die anderen Solas standen im Gang zu dem Gewölbe. Bisher noch unentdeckt. Genauso ungeduldig, genauso verzweifelt wie ich. Darina und die anderen hätten längst im obersten Zimmer des Turmes sein müssen.

Katze eilte Darina, Lorcan, Cadman und den anderen voraus die Treppe hinauf. Auf der Schwelle des Turmzimmers blieben sie stehen. Vier Wachen standen im Raum, um das Licht herum. Lorcan schob Darina zur Seite und zog sein Schwert. Seine Begleiter taten es ihm nach. Katze sprang auf eine Truhe und beobachtete.

Wie kämpft man gegen Gegner, die bereits tot sind? Die keinen Schmerz mehr kennen? Unermüdlich sind? Lorcan und die Seinen versuchten ihr Bestes. So lange, bis Darina plötzlich wütend schrie. Sie wandten sich zu ihr um.

»Cadman ... was ...?«

»Gebt euren sinnlosen Kampf auf!« Cadman, der Sohn des Königs der Feal, presste die Prinzessin der Nevlyn an sich, hielt ihr sein Messer an den Hals. Sie versuchte, nach ihm zu treten, erfolglos. Tränen der Wut standen in ihren Augen.

»Was soll das Cadman? Was hast du vor?« Lorcan konnte nicht begreifen, was sein Bruder gerade tat.

»Ist das nicht offensichtlich? Ich habe dich eigentlich immer für klug gehalten. Ich werde Darina meinem Herrn ausliefern. Heute ist ein Festtag, wenn ich ihm noch die Prinzessin der Nevlyn bringe.«

»Dein Herr? Du stehst auf der Seite des Feindes? Du warst es, der Urieén verraten hat? Aber warum? Ich dachte ...«

»Du dachtest, ich bin immer noch der Kleine, der bewundernd zu dir aufblickt! Aber das bin ich schon längst nicht mehr. Ich bin immer nur der Zweitgeborene gewesen. Doch das wird sich heute ändern!

Denn du wirst mit deinen Freunden sterben. Und ich werde auf dem Thron der Feal sitzen! Mit Hilfe meines Herrn, dem ich mit ganzem Herzen diene. Weil ich nicht mein Fähnchen nach dem Wind richte, wie Vater. Und nicht so ein Aufständischer bin wie du!« Er gab Darina einen Stoß. *»Los, vorwärts. Du darfst deinen Bruder noch einmal sehen. Falls er noch am Leben ist.«* Wie eine Antwort hallte Urieéns finaler Schrei durch den gesamten Turm.

Und dann geschah plötzlich alles auf einmal.

Einem Wind gleich fuhr gleißendes Licht durch die Fenster des Turmzimmers, zerbrach die Scheiben, blendete für einen Moment alle. Nur Katze nicht. Sie sprang, landete auf Cadmans Arm, krallte und biss sich in ihm fest. Cadman schrie. Ließ Darina und das Messer los. Lorcan hatte sich als erster wieder gefasst, nach seinem Bogen gegriffen. Ein Pfeil fuhr in die Brust seines Bruders. Cadman brach stöhnend zusammen. Darina rappelte sich auf. Das gleißende Licht umgab sie. Sie sprang zu dem Becken hin. Wie sie es zerstören sollte, wusste sie nicht. Katze lief ihr zwischen die Beine. Auf den letzten Schritten stolperte Darina über das Tier. Fiel gegen das Becken und die Säule, auf der es stand. Kurz wankte es. Dann kippte die Säule. Das Becken stürzte auf den Marmorboden, zerbarst in tausend Stücke. Dampf stieg auf und wurde von der Helligkeit verschlungen. Augenblicklich brachen die Wachen leblos zusammen.

Lorcan half Darina auf und nahm sie tröstend in den Arm.

»Geht es dir gut?«

»Ja! Und dir?« Lorcan antwortete nicht, hielt sie einfach fest.

Gleißendes Licht fegte durch den Gang und erreichte das Kellergewölbe. Für einen kurzen Augenblick musste ich die Augen schließen. Als ich sie wieder öffnete, war das Feuer erloschen, all die Wachen lagen tot auf der Erde. Der Raum war taghell erleuchtet. Weylon war bis zur Wand zurückgewichen. Selbst der Feind blickte erschrocken. Nur mein Prinz hing noch genauso zwischen den Pfählen wie zuvor. Ich spürte, dass das Leben weiterhin aus ihm wich, langsam aber stetig. Gildas betrat mit festen Schritten den Raum. Der Feind wandte sich zu ihm um, lachte laut.

»Schau an, der kleine, brave Gildas ist erwachsen geworden.«

»Ja, im Gegensatz zu dir! Du glaubst ja immer noch, dass man mit der schwarzen Magie spielen kann.«

»Nun, sie hat mich weit gebracht, das kannst du nicht verleugnen.« Der Feind grinste immer noch, ließ sich durch Gildas' spöttische Bemerkung nicht aus der Ruhe bringen. »Du magst vielleicht einen kleinen Sieg errungen haben. Aber noch bin ich derjenige, der das beste Stück deines Guten Gottes in der Gewalt hat. Und ich werde mir den Prinzen nicht nehmen lassen. Er wird sterben, weil ich es so beschlossen habe! Und nichts wird ihn mehr retten können.« Er trat an meinen Menschen heran und packte ihn an den Haaren.

»Lass ihn sofort los!«

»Sonst was?« Der Feind lachte erneut laut. »Was will mir der kleine Gildas antun? Glaubst du wirklich, ich hätte meine Fähigkeiten verloren? Du weißt doch ganz genau, wer von uns beiden der Bessere war.« Er hob die Hand und sprach unverständliche Worte. Grüne Funken regneten auf Gildas herab. Der sprang zur Seite, hob ebenfalls die Hände, flüsterte etwas. Schwere Kugeln hüpften aus dem Nichts auf den Feind zu, prallten gegen ihn. Der Feind hob die Stimme, wurde lauter, wies die Kugeln zurück und beschwor Flammen herauf, die Gildas umgaben. Immer lauter wurden die beiden, schrien sich schließlich an, beschworen immer neue Gemeinheiten gegen den anderen. Die Erde begann unter ihnen zu beben. Lorcan war mit seinen Kriegern inzwischen nach unten gekommen, sah Cathair fragend an. Der konnte nur mit den Schultern zucken. Wieder ein Erdstoß. Ich flatterte schreiend aus meiner Nische, flog zu meinem Menschen hin. Doch ich konnte mich nur auf einen der Pfähle setzen und versuchen, mit meinem Schnabel das Seil zu durchtrennen. Wieder wankte die Erde. Steine fielen aus der Decke des Gewölbes. Alleine würde ich es nicht schaffen. Die beiden Magier brüllten sich immer noch an, schienen mich nicht zu beachten. Warum halfen mir die anderen nicht? Es konnte doch nicht sein, dass Urieén ihnen gleichgültig war! Oder dass sich ein Solas vor einem Magier fürchtete.

»Gildas, wir müssen hier raus!« Endlich kam Leben in Cathair. Er versuchte, Gildas zu packen und mitzuziehen. Der schüttelte ihn ab, hatte nur Acht auf seinen Gegner. Erneut rumorte die Erde, stärker als zuvor. Große Brocken lösten sich aus der Decke. Cathair und Lorcan warfen sich einen Blick zu.

»Raus hier!«, befahlen sie ihren Kriegern. Sie selbst eilten zu Urieén. Schnitten ihn los. Der Feind war so sehr mit Gildas beschäftigt, dass er sie gewähren ließ. Cathair zog den schweren Körper, der wie leblos in seinen Armen lag, nach draußen, während Lorcan Gildas packte und ihn unnachgiebig mitzog. Gildas versuchte, sich zu befreien, verfluchte den Feind und Lorcan gleichermaßen. Ich flog hinter ihnen her. Das Lachen des Feindes hallte im Gewölbe wieder.

Krieger der Solas halfen Cathair. Das Beben der Erde nahm kein Ende, sie mussten umgehend hier weg. Schon brachen die ersten Mauern ein. Sie packten Urieén und trugen ihn über die Brücke auf das Festland, rannten bis zum Waldrand. Dort hielten sie inne. Blickten zurück. Mauern brachen ein, die Gebäude fielen in sich zusammen wie Kartenhäuser. Aed! Er hatte sich befreien können, galoppierte über die Brücke. Mit ihm noch einige andere Pferde. Tauben flatterten auf das Festland zu. Der mächtige Turm brach zusammen. Staub stieg auf, zog über die ganze Halbinsel. Als er sich verzogen hatte, blieben nichts als riesige Steinhaufen von der Festung übrig.

Gildas kam so plötzlich wieder zur Besinnung wie ein Betrunkener, dem man einen Eimer Wasser überkippt. Er blickte zu Cathair und Lorcan, die neben Urieén knieten, ihn sorgenvoll betrachteten. Ich saß bei ihnen, konnte meinen Blick nicht von meinem Prinzen abwenden. War er tot? Hatte ich versagt?

»Ich spüre keinen Puls, keinen Atem«, berichtete Cathair. »Aber er ist glühend heiß.« Gildas nickte.

»Zwei Mächte streiten sich um ihn. Die dunkle Gottheit hatte ihn bereits in ihren Klauen. Sie wird ihn nicht so einfach aufgeben. Er ist mehr tot als lebendig.«

»Aber Daeide ist doch auf seiner Seite! Du sagst doch immer, dass er uns beschützt!« Darina hatte Tränen in den Augen.

»Ja, mein Kind, das tut der Gute Gott auch.«

Er kniete sich an die Seite meines Menschen nieder. Ein Schrei aus dem Dickicht ließ uns alle zusammenfahren.

»Urieén!« Etain rannte zu dem reglos am Boden Liegenden hin, wollte ihn in seine Arme schließen. Doch Gildas hielt sie zurück.

»Warte!« Er legte eine Hand auf die Stirn meines Menschen, murmelte Worte in der alten Sprache, rief Daeide an. Dann wanderte seine Hand zu Urieéns Brust, zu seinem Herzen. Nach und nach verschwanden die Wunden, die der Feind ihm zugefügt hatte.

Nicht die kleinste Narbe blieb zurück. Langsam begann seine Brust sich wieder zu heben und zu senken, ganz leicht nur.

»Dem Guten Gott sei Dank!« Ich konnte nur staunend zusehen, wie all die anderen auch. Urieéns Augenlider flatterten ein wenig, ehe er sie aufschlug. Ein Lächeln zog über sein blasses Gesicht.

»Gildas«, flüsterte er. »Sind wir nun beide bei Daeide angekommen?«

»Nein, mein Prinz, wir sind noch immer hier auf der Erde. Und lebendig.« Etain konnte sich nicht mehr zurückhalten, sie beugte sich über ihn, schlang ihre Arme um ihn.

»Geliebter! Ich hatte solche Angst … ich dachte, du seist tot, als sie dich hierher getragen haben.«

»Ja … das war ich wohl auch.«

Ich wäre am liebsten zu meinem Prinzen gehüpft, hätte meinen Kopf an seiner Wange gerieben, mit meinem Schnabel seine Haare zerzaust. Aber die zukünftige Königin der Nevlyn, die Mutter seines Kindes, hatte natürlich Vorrang. Nach und nach ließen sich die Krieger ins Gras fallen und ruhten. Gildas saß erschöpft auf einem Stein. Seine grauen Haare schienen mir mit noch mehr weißen Strähnen durchzogen als vor einer Stunde noch.

Lorcan sprang schließlich auf, entfernte sich ein Stück von den anderen. Mein Blick fiel auf Katze. Sie lag zusammengerollt im Gras, doch ihre halb geschlossenen Augen beobachteten Darina. Die war ebenfalls aufgestanden, folgte Lorcan.

»Das mit deinem Bruder ... es tut mir leid.«

»Mir tut es leid, dass er dir das angetan hat! Urieén ... uns allen. Er wollte uns vernichten.«

»Aber dafür kannst du doch nichts ...«

»Ich fühle mich verantwortlich. Ich habe ihm blind vertraut. Und er hatte ja recht. Ich habe immer noch den kleinen Jungen in ihm gesehen.« Er wischte sich über sein Auge. »Immer diese Staubkörner«, behauptete er. »Der Wind treibt sie von der zerstörten Festung herüber.«

»Du hast ihn wohl sehr gemocht.«

»Ja! Wir waren als Kinder die besten Kameraden. Ich kann immer noch nicht glauben, dass er das getan hat. Und auch wenn er uns verraten hat, es tut weh, dass er nicht mehr bei mir ist.« Darina nahm seine Hand.

»Ich werde dir wohl nie genug danken können, dass du mir das Leben gerettet hast. Auch wenn du dafür den eigenen Bruder ...« Sie konnte nicht weitersprechen, strich ihm nur mit einer hilflos wirkenden Geste über den Arm.

»Nun ... vielleicht gäbe es da etwas ...« Seine Augen blickten noch traurig, doch seine Lippen lächelten. »Wenn du mir eine Kameradin werden würdest, für den Rest unseres Lebens?«

»Was?!« Darina schaute verwirrt zu ihm auf.

„Ich habe mich in dich verliebt, Darina, in den Wochen, in denen du bei uns bist. Du bist ein mutiges Mädchen, ehrlich, offen, loyal. Und wunderhübsch! Ich bin ein Prinz, der sich seinen Thron vermutlich

erst zurückerobern muss. Doch mit dir an meiner Seite ...« Er beugte sich zu ihr hinunter, seine Lippen berührten ihre. Sie schlang ihre Arme um ihn, erwiderte
seinen Kuss.

Katze schloss die Augen gänzlich und schnurrte sich
zufrieden in den Schlaf.

Auch Gildas blickte zu den beiden.

»Ein Prinz der Feal und eine Prinzessin der Nevlyn.
Ein starkes Bündnis. Und starke Bündnisse werden
vonnöten sein, wenn all die Länder wieder aufgebaut
werden müssen.« Sein Blick wanderte zu Urieén und
Etain, die eng umschlungen im Gras lagen. Urieéns
Hand ruhte auf ihrem Bauch. »Und eine Heilerin als
Königin für das Volk der Nevlyn. Kann es ein besseres
Omen geben?«

Epilog

Aed grast friedlich dort, wo früher die Ställe standen. Gildas und Urieén wandeln durch die Ruinen. Con Manor Nevlyn soll wieder aufgebaut werden. Zuerst nur einige einfache Häuser. Doch wenn sich das Land erholt hat, soll auch die Halle der Könige wieder in alter Pracht erstrahlen. Ich fliege hinunter, setze mich auf einen der verkohlten Balken in der Nähe meines Menschen. Sein Blick wandert hinüber zu dem gegenüberliegenden Hügel. Das Heiligtum Daeides. Noch ist es nur ein einfacher Holzbau, ja. Und doch ist es der Mittelpunkt des Glaubens des Volkes der Nevlyn, zu dem die Menschen pilgern. In wenigen Tagen wird dort ein Fest stattfinden: Mein Prinz wird von Gildas zum König des Volkes der Nevlyn gekrönt werden und vor Daeide den Bund mit seiner Königin schließen.

»Urieén!« Ob sie geahnt hat, dass ich gerade an sie dachte?

»Etain, du sollst dich doch nicht anstrengen.« Mein Mensch eilt ihr entgegen. Sie lacht nur.

»Mir geht es gut, Geliebter. Rionan ist bereits drei
Monate alt, ich muss mich also nicht mehr schonen.«
Ja, drei Monde ist es schon wieder her, seit der Kleine
geboren wurde. Er hat in seiner Heimat das Licht der
Welt erblicken dürfen, im Haus des Bürgermeisters
der Stadt, die Con Manor Nevlyn zu Füßen liegt.
Dort bewohnen die junge Familie und der alte Lehrmeister einige Räume. Urieén hat die Geburt nicht
miterleben können, hat erst Tage später von seinem
gesunden Sohn erfahren. Durch das Land gereist ist
er, hatte ein offenes Ohr für all das Leid, das den Menschen widerfahren ist und sich geschworen, zu tun,
was immer in seiner Macht steht, um diese Menschen
wieder glücklich zu machen. Zwischendurch hat er
noch seinem zukünftigen Schwager Lorcan geholfen,
sein Recht auf den Thron geltend zu machen.

»Schau, Rionan, hier wirst du einst als König herr-
schen!« Stolz hält mein Prinz seinen Sohn in den Armen. Die Jahre in der Fremde sind zu Ende. Wir sind
heimgekehrt. Vielleicht gönnt mir Daeide noch einige
Jahre im Frieden, ehe er mich zurückruft und ich Re-
chenschaft vor ihm ablegen werde, ob ich meine Aufgabe erfüllt habe und dem Prinzen der Nevlyn in

schweren Zeiten Hilfe und Schutz war. Ich denke, ich muss mich nicht vor diesem Augenblick fürchten.

Personen und Orte

Mir hat es immer Spaß gemacht, die Namen nach ihrer Bedeutung und passend zu den Personen herauszusuchen – vor über zehn Jahren, als ich mit »Memoiren eines Bussards« begonnen habe, noch mehr als heute. Fündig wurde ich auf Internet-Namensseiten (daher übernehme ich keine Garantie auf Richtigkeit) und meinem Wörterbuch englisch – gälisch (wie es heute noch in einigen Teilen Irlands gesprochen wird)

Hier eine Aufstellung der verwendeten Namen zur Erklärung und besseren Übersicht:

Die Göttlichen

Daeide (Gaelische Form von »Daddy«, »Papa«
Der höchste Gott
Der gute Gott

Innes (gaelisch/schottisch: Insel)
Diener Daeides, der sich in eine Sterbliche verliebte und sich mit ihr vermählte. Urahn aller Solas

Huarwar (aus der keltisch/walisischen Mythik)
ebenfalls ein Diener Daeides, der einer Sterblichen
Gewalt antat und deshalb aus den Himmeln verbannt
wurde. Er schwor Rache und trachtet danach,
Menschen zu quälen und zu vernichten

Die Völker:

Nevlyn (neuer Frühling)
das auserwählte Volk Daeides

Solas (gälisch: Licht)
Nachfahren von Solina und Innes, dem Göttlichen

Feal (okay, da bin ich in der Zeile verrutscht – geälisch
feár = Mann gälisch feall = Betrug/Verrat)
Königreich, dessen König dem Feind freiwillig dient

Cre (gälisch: Erde/Lehm)
Stammesvolk, das vom Feind unterworfen wurde.

Weitere Orte

Con Manor (Manor = im keltisch-angelsächsischen
Sprachraum: Herrenhaus)
die Königshalle der Nevlyn

Morgant (Land am See)
Fürstentum im Reich der Solas, in dem Urieén
Zuflucht findet.

Die Tiere

Fiain (gälisch: wild – sorry, in der Zeile verruscht:
gälisch Wind = gaoth)
Mäusebussard – und natürlich die wichtigste Person
der Geschichte

Aed (irisch: Feuer)
Urieéns Hengst

Alibhe (eigentlich Ailbhe – irisch: strahlend)
Cathairs Hengst

Katze
Darinas treue Begleiterin – warum sie keinen Namen
hat, wird wohl Darinas Geheimnis bleiben

Die Menschen:

<u>Nevlyn:</u>

Urieén/Tynan (okay, eigentlich Urien, aber das weckt
andere Assoziationen: walisisch/walisische
Mythologie/Artussage: priviligierte Geburt / gälisch-
irisch: der Dunkle)
Kronprinz der Nevlyn

Gildas (walisisch: Diener Gottes)
Gelehrter und Magier

Etain (irisch-keltisch: funkelnd)
Heilerin, Urieéns Geliebte und spätere Ehefrau

Darina (altirisch: wertvolles Geschenk/fruchtbar)
Urieéns Schwester

Imma (Nebenform von Emma: die Große, die
Unbefleckte)
Darinas Amme

Rionan (irisch: königlich)
Urieéns Sohn

Nialan (altirisch: vermutlich: Streiter)
Urahn Urieéns

Solas:

Colan (gälisch: Sieg des Volkes)
Fürst von Morgant, ein Solas, bei dem Urieén
Zuflucht findet)

Cahal (keltisch: stark im Kampf)
Sohn des Fürsten von Morgant

Cathair (keltisch: Krieger)
Cahals Bruder

Liadain (mythische Bardin, Heldin einer irischen
Liebesgeschichte aus dem 9. Jahrhundert)
Heilerin am Hof des Königs der Solas

weitere Mitspieler
Lorcan (irisch: kleiner Feuriger)
ältester Sohn des Königs der Feal – schließt sich dem
Widerstand gegen den Feind an

Cadman (keltisch: Krieger)
Lorcans Bruder

Murthag (schottisch-gälisch: der Seekrieger)
ein Krieger der Cre

Tadh (Tadhg – irisch-gälisch: Poet)
großer, berühmter Lehrer der Magie

Weylon (Sohn des Wolfes)
der unterwürfigster Diener des Feindes